悦读季大家小书院

东坡小品

陈迩冬 郭隽杰 选注

CHISO 新疆青少年出版社

图书在版编目（CIP）数据

东坡小品 / 陈迩冬, 郭隽杰选注. -- 乌鲁木齐：
新疆青少年出版社, 2024.2
（悦读季大家小书院）
ISBN 978-7-5515-7755-7

Ⅰ.①东… Ⅱ.①陈…②郭… Ⅲ.①古典散文 – 散
文集 – 中国 – 北宋 Ⅳ.①I264.41

中国国家版本馆CIP数据核字（2024）第046050号

悦读季大家小书院

东坡小品
DONGPO XIAOPIN

陈迩冬 郭隽杰　选注

出版发行	新疆青少年出版社有限公司	
社　　址	乌鲁木齐市北京北路29号	
电　　话	0991—6239231（编辑部）	
经　　销	各地新华书店	
印　　刷	三河市金泰源印务有限公司	
法律顾问	王冠华 18699089007	
开　　本	850mm×1168mm　1/32	
印　　张	6	
版　　次	2024年2月第1版	
印　　次	2024年5月第1次印刷	
书　　号	ISBN 978-7-5515-7755-7	
定　　价	45.00元	

新疆青少年出版社有限公司官网　http://www.qingshao.net
新疆青少年出版社有限公司天猫旗舰店　http://xjqss.tmall.com

CHISO 新疆青少年出版社

目录

引言

　　当你打开一部浩瀚的《中国文学史》，你会感到上自先秦，下迄清末，群星灿烂，人才辈出；真使人眼花缭乱、目不暇接。成绩卓著的作家，就要以数百千计。在这如林的作家中，有不少是学识渊博，兴趣广厚，多方面有所建树，被誉为"多面手"的。如果要问，在这些多面手中，谁的手之"面"又最多呢？我们以为，那要数苏东坡了。

　　就文学范畴来讲，人们对苏东坡是早有定评的。他的散文，被列为"唐宋八大家"（唐代的韩愈、柳宗元，宋代的欧阳修、苏洵、曾巩、王安石、苏轼、苏辙）之一。老实说，宋代这六家的散文尚有高下之分，苏东坡似可名列在前三名吧。苏东坡的诗，"才思横溢，触处生春，胸中书卷繁富，又足以供其左旋右抽，无不如志。其尤不可及者，天生健笔一枝，爽如哀梨，快如并剪，有必达之隐，无难显之情。此所以继李杜后为一大家也"（赵翼《瓯北诗话》）。词与诗虽系同宗，但词究竟"别是一家"（李清照语）。苏东坡词，"指出向上一路，新天下耳目，弄笔者始知自振"（王灼《碧鸡漫志》），在北宋词坛上，自是高山的顶点。

苏东坡以词名世，人所共知。而郑振铎所著《插图本中国文学史》却说他是"非职业"词人。这话有趣，也有理，因为苏东坡并非把毕生的精力专注于词。同样的道理，我们也可以说他是个"非职业"诗人、"非职业"文人。他的"手"实在伸的方面太多、太广，且远远地超出了文学领域。

人们差不多都知道，"苏（轼）、黄（庭坚）、米（芾）、蔡（襄）"是北宋四大书法家，苏东坡是名居首位的。他的字神采飘逸，自成格局，当世便为人所宝，除手迹流传外，并广泛地被人们镌刻在石上，后代学"苏体"的更不乏其人了。知道苏东坡是个画家的人，恐怕要少些。其实，苏东坡的画造诣很高。他跟着"胸有成竹"的文与可学习画竹，自谓"尽得与可之法"。而他尤擅长画枯木奇石，"木枝干虬屈无端，石皴老硬，大抵写意，不求形似"（夏文彦《图绘宝鉴》）。黄山谷《题子瞻枯木》诗云："折冲儒墨阵堂堂，书入颜杨鸿雁行。胸中元自有丘壑，故作老木蟠风霜。"于此也可见苏东坡的绘画风格。

　　与书、画相关，苏东坡对纸、墨、笔、砚都有极高的鉴赏能力。他本人就是个制墨的好手，在海南岛时，为烧制松烟，还差点儿引起一场大火。

　　如果说书与画尚和文学有"姻缘"关系，那么，苏东坡的"手"更伸到几与文学毫不相干的"家族"。他懂得医学，练过气功，深解药性，搜集过许多有效验的药方；沈括所著《苏沈良方》的"苏"，就是苏东坡。他懂得园艺学，不仅赏识各地的名园胜迹，自己也曾在密州葺新超然台，在徐州建黄楼，在黄州筑东坡、修雪堂，在惠州起白鹤新居，所到之处，为人们留下了不少佳构遗址。他也懂得水利学，在杭州任上疏浚西湖，灌溉了万亩良田，留下了著名的苏堤；在惠州时，又在他的筹议下，为广州草创了我国早期的"自来水公司"。他还懂得烹饪学，至今我国食谱里还有东坡肉、东坡馄饨，其烹调方法相传就是他留下来的；他的文集中也确有不少谈饮食的地方。……

　　以上啰嗦了这么多，我们无非想说明苏东坡是个多才多艺的作家，是个拔尖的多面手。而这些"面"，在他的小品文中都有表现，都有记录，构成了他的小品文的琳琅满目、丰富多彩的内容。

小品文属于散文（广义的）的家庭成员之一。散文，在我国的文学史中还没有得到它应有的地位。自从我国的文学有"史"著以来，不下数十部了。这些文学史每当论及散文部分，几乎都只寥寥篇章。至于专史，则我国有诗歌史、戏剧史、小说史、文学理论批评史，等等，却少有散文史。这是不公平的。我国的散文，无论数量上，还是质量上，其成就绝不下于诗歌、戏剧、小说，更何况文学理论、文学批评。散文的遭遇尚且如此，那么，小品文这个个子小、地位低的成员的命运，也就可想而知了。

当然，小品文在学术上、研究上备受冷落，是有它的历史根源的，不能责备文学史家。这里有个很奇怪的文学现象，即历史上不少小品文的作者，他们本人就对这些极不重视。其实他们真正好的、有价值的东西，恰恰就是他们自己都不重视的小品文。以苏东坡为例，他的小品文，如书信、题跋之类，写得很多，却又随写随丢，因为他本认为这些不是正经文章，无甚重要，似乎无意留给后人。正因这样，这些东西写来也就非常随便、自然，有感即发，有话便讲，言之有物，坦白直率，因之也就深受后人的喜爱。这一点并非我们的新发现，明代"公安派"的首领袁宏道就说过："东坡之可爱者，多其小文小说，使尽去之，而独存其高文大册，岂复有坡公哉！"（《苏长公合作》引）这是很有见地的。

前面提到，苏东坡小品文的内容，几乎是无所不包，无所不有，读者打开这本小书的选目亦可了然。（须知这个选目只不过是他小品"湖"中的一桶水！）如果说内容繁富庞杂是个特点，这个特点未必就是优点。苏东坡小品文的可贵之处，则在于它的不但言之有物，而且披之有意，咏之有味。它不是一块原始的璞玉，而是经过作者匠心雕琢，成为光彩夺目、玲珑剔透的工艺品。注意：这里匠心的运用完全是出于至诚，出于自愿，没有半点的勉强和应付。这是苏东坡小品文胜其"高文大册"远矣的关键。请看：

"庭下如积水空明，水中藻荇交横，盖竹柏影也。何夜无月，何处无竹柏，但少闲人如吾两人者耳！"（《记承天寺夜游》）这是状景以达情。

"然酒阑口爽，餍饱之余，则哑啄之味，石蟹有时胜蝤蛑也。"（《荔枝龙眼说》）这是指物以表意。

"夜半饮醉，无以解酒，辄撷菜煮之，味含土膏，气饱风露，虽粱肉不能及也。"（《撷菜》）这是叙事以抒怀。

"大略只似灵隐、天竺和尚退院后，却住一个小村院里，折足铛中，罨糙米饭便吃，便过一生也得。"（《与参寥子》）这是取喻以言志。

"中国人以沉水香供佛，燎帝求福，此皆烧牛肉也，何福之能得?"（《书柳子厚＜牛赋＞后》）这是严正的警告中杂以幽默。

"然绢本以御寒，今乃以充服食，至寒时当盖稻草席耳。"（《记服绢》）这是愤激的怒斥而兼以讥刺。

……

以上的例子想为东坡小品"于物无不收，于法无不有，于情无不畅，于境无不取"（袁宏道《雪涛阁集序》）作个注脚，也想借此说明东坡小品的意味。这种意味，犹如食橄榄，耐得咀嚼，耐得品尝。

还有两点想提起读者注意：

一是东坡小品中语言的运用，生动、洗炼，而又变幻无穷。他深知"言之不文，行而不远"的道理，遣词造句，不苟且，也不落俗套，尤以幽默和取譬见长。

一是东坡小品中处处有一个苏东坡在。他的举止，他的言笑，他的思绪，他的情操，无不活灵活现地呈现在读者面前。

以上我们盛赞了苏东坡一顿，到这里告个段落。是不是我们夸到点子上了？是不是我们偏爱他，夸得过火了？还好，这里有他自己的小品文在，文中处处有个苏东坡在，——文如其人，就请亲爱的读者们通过这些作品，自己去接近他，认识他，了解他，对他去作公正的评价吧！苏东坡当然有缺点，思想上有不健康的东西在，"人无完人，金无足赤"，更何况他是九百年前封建社会的知识分子呢。要想全面地认识他，了解他，靠了这本小书有限的作品还远远不够。不过我们可以说，这些小品文确系他为人的一面反光镜，只不过映出的影像尚不够清晰罢了。

苏东坡，名轼，字子瞻，东坡是他的号，宋景祐三年十二月（公元 1037 年初）生于眉州（今四川眉山市），建中靖国元年（公元 1101 年）七月卒于常州（今江苏常州市），在世六十六岁。关于他的生平、思想、创作、影响，各家的中国文学史均可参看。陈迩冬同志《苏轼诗选·后记》和《苏轼词选·前言》中亦有较详的论述，这里就不再征引了。

苏东坡的小品文，散乱得很。我们这本《东坡小品》，主要是从《东坡志林》、《东坡题跋》、《东坡尺牍》、《苏东坡集》中的杂文部分以及他的集外手迹等选录的。以《东坡志林》而言，乃系后人辑录，版本不同，所收篇目也不一样，文字上也互有出入。他的题跋和尺牍也是如此，且时有伪作或他人之作混入。因此，整理起来很困难。由于我们手头版本有限，资料不足，文字上只能互相校对，择优而从之。

目录的编排上，大体以写作时间为序。写作时间难于确定，或内容上关联较密的篇目，则酌情予以穿插、调置。

每篇后面的评语，或就内容，或就形式，或就思想，或就语言，仅指其一端，以期起个"抛砖"的作用。若能因此而引起读者的一些兴趣和探讨，那就是我们莫大的欣慰了。

由于我们知识不广，见阅有限，错误和失当之处，尚乞读者和专家们多予指正。

郭隽杰

一九八〇年十一月

谈艺录

题凤翔^①东院右丞^②画壁

嘉祐癸卯上元夜^③，来观王维摩诘笔。时夜已阑，残灯耿然，画僧踽踽^④欲动，恍然久之。

① 凤翔，今陕西凤翔。苏轼于嘉祐六年（公元1061年）年底出任凤翔判官，居凤翔三年。

② 王维，字摩诘，太原祁人。他是唐代著名的诗人兼画家。因官至尚书右丞，故亦称之为王右丞。

③ 嘉祐是宋仁宗赵祯的年号，癸卯为嘉祐八年（公元1063年）。上元，农历正月十五。

④ 踽踽，音 jǔ jǔ，欲行而不进的样子。《孟子·尽心》："行何为踽踽凉凉。"

作者对王维的画极为推崇，常以之与吴道子并论，认为"吾观画品中，莫如二子尊"。称赞王维的画："摩诘得之于象外，有如仙翮谢笼樊。"这篇小品，全用气氛的烘托手法，造成一种神秘、迷离之感，使壁上画僧，更加动人心弦，达到"假语状真"的意境。

书所作字后

献之①少时学书，逸少从后取其笔而不可，知其长大必能名世。仆以为不然。知书不在于笔牢，浩然②听笔之所之，而不失法度，乃为得之。然逸少所以重其不可取者，独以小儿子用意精至，猝然掩之，而意未始不在笔。不然则是天下有力者，莫不能书也。治平甲辰③十月二十七日，自岐下罢④，过谒石才翁，君强使书此数幅。仆岂晓书？而君最关中之名书者，幸勿出之，令人笑也。轼书。

① 献之，晋代大书法家王羲之的儿子。后文的"逸少"
即王羲之的字。父子齐名。
② 浩然，无所顾忌的样子。

③ 治平,宋英宗赵曙年号。甲辰,治平元年(公元1064年)。
④ 岐下,即凤翔。罢,任满离官。

此文论作书之法,持论严谨,强调"用意精至",而不在握笔之"力",虽是一则普通的跋语,也不作泛泛谈。

书钱塘①程奕笔

近年笔工,不经师匠,妄出新意,择毫虽精,形制诡异②,不与人手相谋③。独钱塘程奕所制,有三十年先辈意味,使人作字,不知有笔,亦是一快。吾不久行④,当致数百枝而去,北方无此笔也。

① 钱塘,即今浙江杭州市。
② 此句指笔的制作奇异,不合规格。
③ 谋,相称,相配合。
④ 苏轼于熙宁四年至七年任杭州通判。此句指即将离任

北去密州事。

苏轼是大书法家，对笔的质量要求极高。这篇短文以对照的手法，赞扬了程奕制笔的精良。

书吴说笔

笔若适士大夫意，则工书人不能用；若便于工书者①，则虽士大夫亦罕售矣。屠龙②不如履豨③，岂独笔哉！君谟④所谓"艺益工而人益困"，非虚语也。吴政已亡，其子说颇得家法。

① 工书者，擅长书法的人。
② 屠龙，指技艺高超但不切实用。语出《庄子·列御寇》："朱泙漫学屠龙于支离益，单千金之家，三年技成而无所用其巧。"
③ 履豨，即杀猪。履，踏；豨，音 xī，猪。

④ 君谟是蔡襄的字，福建莆田人。他比苏轼长一辈，诗文皆有名，尤善书法。

借笔而发议论，句句迭出新意，而又不离开题目。

与鲜于子骏 ①

忝厚眷②，不敢用启状，必不深讶。所惠诗文，皆萧然有远古风味。然此风之亡也久矣。欲以求合世俗之耳目，则疏矣。但时独于闲处开看，未尝以示人，盖知爱之者绝少也。所索拙诗，岂敢措手③？然不可不作，特未暇耳。近却颇作小词，虽无柳七郎④风味，亦自是一家。呵呵！数日前，猎于郊外，所获颇多。作得一阕⑤，令东州壮士抵掌顿足而歌之，吹笛击鼓以为节，颇壮观也。写呈取笑。

① 鲜于子骏，名侁，四川阆州人。神宗朝做过利州路转运判官、京东路转运使。他也是反对王安石变法的，

和苏轼很好。当苏轼入狱时，许多人都把与苏轼来往的诗文书信烧掉了，惟他不然，说："欺君负友，吾不忍为。"

② 忝，音 tiǎn，自谦词，表示有辱他人。厚眷，厚爱。

③ 措手，着手。

④ 柳永，字耆卿，初名三变，福建崇安人。他排行第七，故人呼"柳七"。仁宗时做过屯田员外郎，世又称柳屯田。他精通音律，是北宋前期的著名词人。

⑤ 一首词称一阕。这里"作得一阕"指苏轼《江城子·密州出猎》一词。

这是一封与友人切磋文字、抒发情趣的短函。在这类书信中，常可见到作者的文艺见解和他潇洒、开朗的个性。

刻秦篆记

秦始皇帝二十六年①，初并天下。二十八年，亲巡东方海上，登琅琊台，观出日，乐以忘归。徙黔首②三万家台下，刻石颂秦德焉。二世元年③，复刻诏书其旁。今颂诗亡矣，其从臣姓名仅有存者，而二世诏书具在。自始皇帝二十八年，岁在壬午，至今熙宁九年丙辰④，凡千二百九十五年。而蜀人苏轼来守高密⑤，得旧纸本⑥于民间，比今所见，犹为完好。知其存者，磨灭无日矣。而庐江文勋适以事至密。勋好古善篆，得李斯⑦用笔意，乃摹诸石，置之超然台⑧上。夫秦虽无道，然所立有绝人者。其文字之工，世亦莫及，皆不可废。后有君子，得以览观焉。正月七日甲子记。

① 这一年为公元前 221 年。

② 黔首，即老百姓。《史记·秦始皇本纪》："更名民曰黔首"。

③ 这一年为公元前 209 年。

④ 这一年为公元 1076 年。

⑤ 高密，即密州，今山东诸城市。

⑥ 纸本，指琅琊石刻的拓本。

⑦ 李斯，战国时楚国上蔡人，后仕于秦。秦始皇统一中国后，李斯为丞相。他善为小篆，秦的刻石多出自他的手笔。

⑧ 超然台，在密州北城上，是个登临游览的好地方。苏轼知密州时曾加以修葺，并作《超然台记》，词中亦有"试上超然台上望：半壕春水一城花，烟雨暗千家"的名句。

"秦虽无道，然所立有绝人者"，显示了作者的唯物史观。对于古代的文化遗产，作者也极为珍惜。

《虔州八境图》八首序

《南康①八境图》者，太守孔君②之所作也。君既作石城③，即其城上楼观台榭之所见而作是图也。东望七闽④，南望五岭⑤，览群山之参差，俯章贡之奔流，云烟出没，草木蕃丽，邑屋相望，鸡犬之声相闻。观此图也，可以茫然而思，粲然而笑，慨然而叹矣！苏子曰：此南康之一境也，何从而八乎？所自观之者异也。且子不见夫日乎，其旦如盘⑥，其中如珠，其夕如破璧，此岂三日也哉？苟知夫境之为八也，则凡寒暑、朝夕、雨旸、晦冥⑦之异，坐作、行立、哀乐、喜怒之变，接于吾目而感于吾心者，有不可胜数者矣，岂特八乎！如知夫八之出乎一也，则夫四海之外，诙诡谲怪，《禹贡》⑧之所书，邹衍⑨之所谈，相如⑩之所赋，虽至千万，未有不一者也。后之君子，必将有感于斯焉。乃作诗八章，题之图上。

① 南康，虔州旧称，今江西赣州。
② 孔君，孔宗翰，时任虔州太守。
③ 虔州城临章水和贡水之患，孔宗翰筑石城以御之，曾得到朝廷奖。
④ 七闽，福建。
⑤ 五岭，对两广与湘赣四省交界处的大庾岭、骑田岭、都庞岭、萌渚岭、越城岭的统称。
⑥ 旦，早上。槃，承盘。
⑦ 旸，音 yáng，晴。晦，昏暗。冥，黑夜。
⑧ 《禹贡》是记载我国古代山川疆域的著作，收在《尚书》里。
⑨ 邹衍，战国时的阴阳家，天文学家。
⑩ 司马相如，汉代文学家，擅辞赋。

这是一篇颇富哲理的序文。我国向有评定景境的传统，且多冠以"八"，诸如"燕京八景"、"西湖八景"。在苏轼看来，世上事物，变化万千，情境景观，无处不在，然皆"出乎一也"。这个"一"，便是自我，一切要由自己去看，去想，去感受，去认知。苏轼是主张独立思考，独立人格的。

答黄鲁直^①（二则）

轼顿首再拜鲁直教授^②长官足下：轼始见足下诗文于孙莘老^③之坐上，耸然异之，以为非今世之人也。莘老言："此人，人知之者尚少，子可为称扬其名。"轼笑曰："此人如精金美玉，不即人而人即之^④，将逃名而不可得，何以我称扬为？"然观其文，以求其为人，必轻外物而自重者，今之君子莫能用也。其后过李公择^⑤于济南，则见足下之诗文愈多，而得其为人益详，意其超逸绝尘^⑥，独立万物之表；驭风骑气^⑦，以与造物者游^⑧。非独今世之君子所不能用，虽如轼之放浪自弃，与世阔疏者，亦莫得而友也。今者辱书词累幅，执礼恭甚，如见所畏者，何哉？轼方以此求交于足下，而惧其不可得，岂意得此于足下乎？喜愧之怀，殆不可胜^⑨。然自入夏以来，家人辈更卧病，忽忽至今，裁答甚缓，想未深讶也。《古风》二首^⑩，托物引类，真得古诗人之风，而轼非其人也。聊复次韵^⑪，以为一笑。秋暑，不审起居何如？未由会见，万万以时自重。

① 黄庭坚，字鲁直，号山谷，又号涪翁，洪州分宁（今江西修水县）人。他是"江西诗派"的开创者，诗、词、书法（诗与苏轼齐名，并称"苏黄"，词与秦观并称"秦七黄九"，书法为宋四大家之一），乃至小品文，均有高度成就及广大影响。著有《黄山谷集》。黄庭坚有诗文致苏轼，这是苏轼的回信。时元丰元年（公元 1078 年），轼在徐州。

② 教授，学官名，宋代始设。当时黄鲁直在北京（今河北大名县）任国子监教授。

③ 孙莘老，名觉，江苏高邮人。登进士第，知广德军，后移守湖州等地。他是苏轼的朋友，黄庭坚的外舅。

④ 这句是说不用他去接近别人，别人就会主动去接近他。

⑤ 李常，字公择，建昌（今江西永修）人。登进士第，历宣州观察推官，知邓州，是苏轼的朋友，黄庭坚的舅舅。

⑥ 超逸绝尘，指思想品格超出一般世人。

⑦ 驭风和骑气都是乘风的意思。

⑧ 造物者，指天地、大自然。以上四句，与苏轼的名篇《前赤壁赋》中"浩浩乎如冯虚御风，而不知其所止；飘飘乎如遗世独立，羽化而登仙"，是同一意境，可参读。

⑨ 殆不可胜，几乎不能承受。胜，读 shēng。

⑩ 指黄庭坚《古诗二首上苏子瞻》，今黄集中首篇即是。

⑪ 次韵，按对方诗韵依次奉和的诗。

　　这是苏轼与庭坚的第一封信。当时苏轼在文坛上早已享有盛名，然对黄庭坚这样初露头角的异材，推赏备至，虚怀相待。事实也证明了苏轼的锐利眼光。

又

　　某启。晁君骚词^①，细看甚奇丽，信其家多异材耶。然有少意^②，欲鲁直以己意微箴^③之。凡人文字，当务使平和，至足之余，溢为怪奇，盖出于不得已也。晁文奇丽似差早，然不可直云尔。非谓避讳也，恐伤其迈往之气^④，当为朋友讲磨之语乃宜。不知以为然否？不宣。

① 晁君，指晁补之，字无咎，山东济州巨野人。宋神宗
　　时进士，做过地方官。他的文章受知于苏轼，词的风
　　格亦近之。骚，赋的别称，也泛指文章。
② 少意，文意稍有不妥之处，即下文指出的"奇丽（奇
　　特美丽）似差早"。
③ 箴，音 zhēn，劝说。
④ 迈往之气，豪放的气势。

黄庭坚、晁补之，与秦观、张耒，被称作"苏门四学士"。他们都受知于苏轼，关系极密切。苏轼比黄大八岁，比晁大十六岁。苏轼于晁文的缺点提出批评意见，却决不以自己的地位和年龄草草施加于人。这封信措辞非常之委婉，既掌握分寸，又注意方法，使对方能心折接受。

文与可①画墨竹屏风赞

与可之文，其德之糟粕②。与可之诗，其文之毫末。诗不能尽，溢而为书，变而为画，皆诗之余。其诗与文，好者益寡。有好其德如好其画者乎？悲夫！

① 文同，字与可，自号笑笑居士，四川梓潼人。他比苏轼大十九岁，是苏轼的表兄，很有文才，又是大画家。他俩的情谊，远非一般人所比。文同著有《丹渊集》。
② 这句是说文与可作文章，不过是他品德修养之外的余事。

文与可的画（尤其是墨竹），在当时就很有名气，每画毕，"坐客争夺持去"。作者当然赞赏他的画，但更推崇他的品德。这篇赞美文字，采用层层推进的手法，突出文与可为人的高尚。语言于工整中又求变化，很见遣词造句的锻炼功夫。

书蒲永升画后

古今画水多作平远细皴[①]，其善者不过能为波头起伏，使人至以手扪[②]之，谓有洼隆[③]，以为至妙矣。然其品格，特与印板水纸争工拙于毫厘间耳。唐广明[④]中，处士孙位[⑤]始出新意，画奔湍巨浪，与山石曲折，随物赋形，尽水之变，号称神逸。其后蜀人黄筌[⑥]、孙知微[⑦]皆得其笔法。始知微欲于大慈寺寿宁院壁作湖滩水石四堵，营度经岁，终不肯下笔。一日，仓皇入寺，索笔甚急，奋袂[⑧]如风，须臾而成，作输泻跳蹙[⑨]之势，汹汹欲崩屋也。知微既死，笔法中绝五十余年。近岁成都人蒲永升，嗜酒放浪，性与画会，始作活水，得二孙本意，自黄居寀兄弟[⑩]、李怀衮[⑪]之流，皆不及也。王公富人或以势力使之，永升辄嘻笑舍去；遇其欲画，不择贵贱，顷刻而成。尝与余临寿宁院水，作二十四幅。每夏日挂之高堂素壁，即阴风袭人，毛发为立。永升今老矣。画亦难得，而世之识真者亦少。如往时董羽^⑫，近日常州戚氏^⑬画水，世或传宝之。如董、戚之流，可谓死水，未可与永升同年而语也。元丰三年十二月十八日夜，黄州临皋亭西斋戏书。

① 细皱，细小波纹。

② 扪，音 mén，按，摸。

③ 洼隆，凹凸不平、高低起伏。

④ 广明，唐僖宗李儇的年号。此年号仅一年，为公元
   880 年。

⑤ 孙位，唐代画家，会稽（今浙江绍兴）人，因号会稽山人。
   他的画路子很宽，山水、人物、花鸟、鬼神，都很有造诣，
   尤其以画水最为入神。

⑥ 黄筌，字要叔，五代前蜀画家，四川成都人。以花鸟
   画最有名，对后世影响很大。

⑦ 孙知微，字太古，宋初画家，四川眉山人。他信佛，

专门画宗教故事的画，忌讳人们呼之为画师。

⑧ 袂，音 mèi，衣袖。奋袂，即挥动臂膀的意思。

⑨ 输泻跳蹙，形容水势直下，奔腾翻滚。

⑩ 黄居宝、黄居实、黄居寀，均是黄筌的儿子，也都是画家。其中黄居寀的成就较高，他是黄筌第三子，在后蜀和宋初时均做过宫廷画家。寀，音 cài。

⑪ 李怀衮，宋初画家，四川人，学黄筌，工花鸟，亦善山水。

⑫ 董羽，字仲翔，毗陵（今江苏常州市）人。初仕南唐李后主(煜)朝，后归宋，以善画龙水海鱼受宋太宗赏识。

⑬ 戚氏，指戚文秀，毗陵人，善画水。

　　这是一篇叙、论完美结合的跋文。叙的方面，概述了"画水"的历代演变和成就。孙知微壁上作画一段神采飞动，尤为人称赏。论的方面，提出"死水"与"活水"的区别，不限于形似，更应着重表现神似。这是苏轼论画的一贯主张。

书怀民所遗^①墨

世人论墨，多贵其黑，而不取其光。光而不黑，固为弃物；若黑而不光，索然无神采，亦复无用。要使其光清而不浮，湛湛^②如小儿目睛，乃为佳也。怀民遗仆二枚，其阳云"清烟煤法墨"，其阴云"道卿既黑而光"，殆如前所云者。书以报之。

① 遗，读 wèi，赠送。
② 湛湛，清亮的样子。

苏轼论墨题跋甚多，均有独到之处。此文指出佳墨的两个特点，是品墨的标准；从中也可看到我国制墨的高度工艺水平。

题柳子厚^①诗

诗须要有为而作，用事^②当以故为新，以俗为雅。好奇务新，为诗之病。柳子厚晚年诗，极似陶渊明^③，知诗病者也。

① 柳宗元，字子厚，河东人。他是唐代中叶著名的文学家，与韩愈领导了当时的"古文运动"，后世以"韩柳"并称。
② 用事，用典。
③ 陶渊明，名潜，字元亮，浔阳柴桑（今江西九江市西南）人，是晋代伟大诗人。苏轼对陶渊明极为推崇，晚年所作和陶诗极多。

这是一则诗话，从中可以看到作者对诗歌的看法。他不是笼统地反对新奇，而是注重诗歌的新意境。

书吴道子①画后

智者创物，能者述焉，非一人而成也。君子之于学，百工之于技，自三代②历汉至唐而备矣。故诗至于杜子美③，文至于韩退之④，书至于颜鲁公⑤，画至于吴道子，而古今之变，天下之能事毕矣。道子画人物，如以灯取影，逆来顺往，旁见侧出，横斜平直，各相乘除⑥，得自然之数，不差毫末。出新意于法度之中，寄妙理于豪放之外；所谓游刃余地⑦，运斤成风⑧，盖古今一人而已。余于他画，或不能必其主名⑨，至于道子，望而知其真伪也。然世罕有真者，如史全叔所藏，平生盖一二见而已。元丰八年十一月七日书。

① 吴道子，初名道元，阳翟（今河南禹州）人，是唐代最杰出的画家，被人誉为"画圣"。作者有"道子实雄放，浩如海波翻。当其下手风雨快，笔所未到气已吞"的赞美诗句。

② 史称夏、商、周为"三代"。

③ 杜甫,字子美,河南巩县人,是盛唐最伟大的诗人之一。后世誉其人为"诗圣",誉其诗为"诗史"。

④ 韩愈,字退之,河南河阳人,是中唐杰出的古文家及诗人。苏轼在《潮州韩文公庙碑》中称赞他"文起八代之衰,而道济天下之溺"。

⑤ 颜真卿,字清臣,万年人。开元中进士,历官至吏部尚书、太子太师,封鲁郡公,所以世称"颜鲁公"。他不但政绩卓著,尤以书法闻名。

⑥ 乘除,指事物的消长变化。

⑦ 游刃余地,用《庄子·养生主》中"庖丁解牛"的故事,庖丁说:"今臣之刀十九年矣,所解数千牛矣,而刀刃若新发于硎。彼节者有间,而刀刃者无厚;以无厚入有间,恢恢乎其于游刃必有余地矣。是以十九年而刀刃若新发于硎。"后来人们常以"游刃余地"来比喻技艺的高超。

⑧ 运斤成风,斤是斧头;这也是比喻手法精纯熟练,技术神妙超群。语出《庄子·徐无鬼》:"郢人垩慢其鼻端,若蝇翼,使匠石斫之。匠石运斤成风,听而斫之,尽垩而鼻不伤,郢人立不失容。"

⑨ 主名，指出作者姓名。

这篇题跋对吴道子的画给予了高度评价；这种评价，又结合着唐代高度的文化发展。"至于道子，望而知其真伪也"一语，道出了作者对吴画的深知和至爱。

书子美黄四娘诗

子美诗云："黄四娘家花满蹊，千朵万朵压枝低。留连戏蝶时时舞，自在娇莺恰恰啼。"① 东坡云：此诗虽不甚佳，可以见子美清狂野逸之态，故仆喜书之。昔齐鲁② 有大臣，史失其名。黄四娘独何人哉，而托此诗以不朽，可以使览者一笑！

① 这是杜甫《江畔独步寻花七绝句》中的一首。黄四娘，浦起龙注："是妓人，用戏蝶娇莺恰合。"恰恰，鸟儿不住的啼声。

② 齐鲁，古时山东一带。

这里说的是"人以诗传"。末云"使览者一笑"，笑什么？
笑大臣不如妓女。虽然这儿说的是"史失其名"的大臣，其
实即使史有其名的大臣，又有几个比得上黄四娘这样流传在
人们的口头卜呢？于此也可见到艺术的魅力。

题兰亭记 ①

真本已入昭陵 ②，世徒见此而已。然此本最善。日月愈
远，此本当复缺坏，则后生所见，愈微愈疏矣！

① 兰亭记，指晋代大书法家王羲之的《兰亭集序》。
② 昭陵，唐太宗李世民的陵墓。据传唐太宗酷好王羲之
  书法，尤其珍视《兰亭集序》一帖，曾命本朝书法大师
  褚遂良、虞世南、冯承素等临摹数本。后来将真本盛以
  玉匣随同自己葬入昭陵。苏轼所题是谁的摹本，不可考。

苏轼是书法大家。题记古帖淡淡数语，感慨很深。

书戴嵩①画牛

蜀中有杜处士，好书画，所宝以百数。有戴嵩《牛》一轴，尤所爱，锦囊玉轴，常以自随。一日曝书画，有一牧童见之，拊掌大笑，曰："此画斗牛也。牛斗，力在角，尾搐②入两股间。今乃掉尾③而斗，谬矣!"处士笑而然之。古语有云："耕当问奴，织当问婢。"不可改也。

① 戴嵩，唐代著名画家，善画水牛。
② 搐，音 chù，抽缩。
③ 掉尾，摇尾。《左传》："尾大不掉。"

此则笔记常被人引用，说明一切艺术均离不脱实践，即如戴嵩这样的画牛大师，其对牛的生活常识乃不如一牧童。

韩幹^①画马赞

韩幹之马四：其一在陆，骧首^②奋鬣，若有所望，顿足而长鸣。其一欲涉，尻^③高首下，择所由济，踡蹐^④而未成。其二在水，前者反顾，若以鼻语；后者不应，欲饮而留行。以为厩马也，则前无羁络，后无箠策^⑤；以为野马也，则隅目耸耳，丰臆^⑧细尾，皆中度程。萧然如贤大夫、贵公子，相与解带脱帽，临水而濯缨^①。遂欲高举远引，友麋鹿而终天年，则不可得矣。盖优哉游哉^⑧，聊以卒岁而无营。

① 韩幹，唐代画家，是以画马著称的曹霸的弟子。杜甫称他"亦能画马穷殊相"。后来注重写生，独创一派。

② 骧首，向上昂头。

③ 尻，音 kāo，臀部。

④ 踡蹐，音 jú jí，拘束，不敢放纵。

⑤ 箠策，马鞭。

⑥ 臆，胸部。

⑦ 濯缨，《孟子·离娄上》："有孺子歌曰：'沧浪之
水清兮，可以濯我缨；沧浪之水浊兮，可以濯我足。'"
后世便以濯缨来比喻人的高洁。濯，音 zhuó，洗。

⑧ 优哉游哉，悠闲自得的样子。《孔子家语》："优哉游哉，
可以卒岁。"

苏轼对韩幹画的马很为激赏，诗文中曾多次给予赞扬，
《韩幹马十四匹》诗中说："韩生画马真是马，苏子作诗如
见画。世无伯乐亦无韩，此诗此画谁当看?"这篇文章对韩
画四马的神态都作了生动的刻画，不但揭示了画技的高超，
也揭示了画意的深远。语句错落，散文中而用韵，读来琅琅
上口。

又跋宋汉杰[①]画山

观士人画,如阅天下马,取其意气所到。乃若画工[②],往往只取鞭策皮毛,槽枥刍秣[③],无一点俊发,看数尺许便卷。汉杰真士人画也。

① 宋汉杰,名子房,河南荥阳人。善画山水,所著画法六论,极其精到。
② 指一般画匠。
③ 刍秣,喂牲畜的草料,此与"精华"相对,言只是"糟粕"。

此跋阐述了作者赏画的标准,指出中国画的特色,即取意而不取工,重神而不重形。

书诸葛散卓笔 [1]

散卓笔,惟诸葛[2] 能之。他人学者,皆得其形似而无其法,反不如常笔。如人学杜甫诗,得其粗俗而已。

[1] 散卓笔,黄庭坚有跋云:"散卓笔,大概笔长寸半,藏一寸于管中,出其半,削管洪纤,与半寸相当。其捻心用栗鼠尾,不过三株耳,但要副毛得所,则刚柔随人意,则最善笔也。"

[2] 诸葛,名高,安徽宣城人。善制笔。苏轼对诸葛笔曾多次称道。

苏轼对只求形似而不求其质的滥制,极反感。对比之中,褒贬自明。

书砚

砚之发墨者必费笔，不费笔则退墨^①。二德难兼，非独砚也。大字难结密^②，小字常局促；真书患不放^③，草书苦无法^④；茶苦患不美^⑤，酒美患不辣。万事无不然，可一大笑也。

① "发墨"与"退墨"相对而言。此句是说砚质粗涩容易磨墨却也易损笔毫，砚质细腻虽不损伤笔毫，却也不易研墨。
② 结密，结构严谨。
③ 真书即楷书。放，奔放、洒脱。
④ 法，法度、规律。
⑤ 品茶以味道甘醇而又有苦涩剩味者为佳。

作者常叹"世间佳物难得"。他能于事物的对立之中，追求完美的统一。从这里不仅可看到苏轼高度的鉴赏能力，也可看到他的广泛爱好与兴趣。此文虽短，却洋洋洒洒，涉及很宽，信手拈来，皆成妙谛。

传神记

传神之难在目。顾虎头①云："传形写影，都在阿堵②中。"其次在颧颊。吾尝于灯下顾自见颊影，使人就壁模之，不作眉目，见者皆失笑，知其为吾也。目与颧颊似，余无不似者。眉与鼻口，可以增减取似也。传神与相一道。欲得其人之天，法当于众中阴察③之。今乃使人具衣冠坐，注视一物，彼方敛容自持④，岂复见其天乎？凡人意思，各有所在，或在眉目，或在鼻口。虎头云："颊上加三毛，觉精采殊胜。"则此人意思，盖在须颊间也。优孟学孙叔敖抵掌谈笑⑤，至使人谓死者复生。此岂举体皆似，亦得其意思所在而已。使画者悟此理，则人人可以为顾、陆⑥。

吾尝见僧惟真画曾鲁公，初不甚似。一日往见公，归而喜甚，曰："吾得之矣！"乃于眉后加三纹，隐约可见，作俯首仰视，眉扬而额蹙者，遂大似。南都程怀立，众称其能，于传吾神，大得其全。怀立举止如诸生，萧然有意于笔墨之外者也，故以吾所闻助发云。

① 顾恺之，字长康，晋代杰出画家，小名虎头。有文集行世。

② 阿堵，六朝、唐时口语，犹如说"若个"、"这个"。后世多以阿堵指眼睛，盖顾恺之每画人成，或数年不点睛；人问之，曰："传神写照，正在阿堵中。"

③ 阴察，暗中观察。

④ 敛容自持，指人板起面孔摆架子作矜持状。

⑤ 优孟，春秋时楚国人，为人很有才智，常寓讽刺于谈笑之中。孙叔敖死，其子甚穷，优孟著孙叔敖衣冠，抵掌谈笑，极像孙叔敖；见庄王，作歌以动之，庄王遂召孙叔敖子，封之寝丘。事见《史记·滑稽列传》。

⑥ 顾、陆，顾恺之、陆探微。陆，南朝时宋人，著名画家，以画人物著称。

这是一篇"画论"，说明了传神的手段，特别强调了细节真实对表达人物神态的作用。

跋书后（三则）

欧阳文忠公用尖笔乾墨作方阔字，神采秀发，膏润^①无穷。后人观之，如见其清眸丰颊，进趋裕如^②也。

将至曲江，船上滩欹侧^③，撑者百指^④，篙声、石声荦然^⑤。四顾皆涛濑^⑥，士无人色。而吾作字不少衰^⑦。何也？吾更变亦多矣，置笔而起，终不能一事，孰与且作字乎？

仆醉后，乘兴辄作草书十数行，觉酒气拂拂^⑧，从十指间出也。

① 膏润，丰满而有润泽。

② 裕如，自如的样子。

③ 欹侧，倾斜，这里指船的颠簸摇晃。

④ 百指，十人。

⑤ 荦然，这里指声音很响，很大，而且听得分明。荦，音 luò。

⑥ 涛濑，浪涛。濑，音 lài。

⑦ 这里的"衰"字是停歇的意思。

⑧ 拂拂，微风吹动的样子。

苏轼书后的跋语很多，有的是跋别人的，有的是跋自己的。心有所会，信笔录出。这里选了三则。首篇是"字如其人"的形象注脚，次篇见作者江涛上舟中挥毫的丰姿，末篇写醉后作书的神态。寥寥数语，均饶兴味。

苏轼作书很勤，终生不衰，才使他的字做到了"手熟"，做到了"神气完实而有余韵"，成为书法大家。黄山谷有一段话记录东坡作书情，可供读者参考：

东坡居士极不惜书，然不可乞。有乞书者，正色诘责之，或终不与一字。元祐中，锁试礼部，每来见过，案上纸不择精粗，书遍乃已。性喜酒，然不能四五龠已烂醉，不辞谢而就卧，鼻鼾如雷。少焉苏醒，落笔如风雨，虽谑弄，皆有义味。

论书

　　遇天色明暖，笔砚和畅，便宜作草书数纸，非独以适吾意，亦使百年之后，与我同病者，有以发之也。张长史、怀素得草书三昧^①，圣宋文物之盛，未有以嗣之，惟蔡君谟颇有法度，然而未放^②，止与东坡相上下耳。

　　① 张长史，唐代书法家张旭，官金吾长史，故称。他的
　　　 草书最为知名。怀素，唐代僧人，本姓钱，书法大家，
　　　 善狂草，与张旭齐名，有"颠张醉素"之称。三昧，
　　　 指事物的要诀和精义。
　　② 未放，放不开手脚，拘谨。

　　苏轼认为，书法，尤其是草书，是自由精神与法度的结合，只有当客观环境与主观意愿结合一起时，才能创作出好的作品。

记与君谟论书

作字要手熟，则神气完实而有余韵，于静中自是一乐事。然常患少暇，岂于其所乐常不足耶？自苏子美死[1]，遂觉笔法中绝。近年蔡君谟独步当世，往往谦让不肯主盟。往年，予尝戏谓君谟言，学书如溯急流[2]，用尽气力，船不离旧处。君谟颇诺，以谓能取譬[3]。今思此语已四十余年，竟如何哉？

[1] 苏子美，苏舜钦，字子美，宋初著名诗人。
[2] 溯急流，在急流中逆行。溯，音 sù。
[3] 取譬，比喻，打比方。

苏轼记跋蔡君谟的书法达八篇之多，推为"本朝第一"，"独步当世"，并非虚誉。二人相互切磋，惺惺相惜，成就了一代书法高峰。

题粗纸

　　此纸甚恶，止可镵钱饷鬼[①]而已。余作字其上，后世当有锦囊玉轴什袭[②]之宠。

① 镵钱饷鬼，在纸上戳打成钱形烧送给鬼魂。镵，音 chán，刺。饷，音 xiǎng，赠送。
② 什袭，把物品重重地包裹起来。

出语幽默。苏轼自信自己的书法艺术有极高的价值。

记海南作墨

己卯腊月二十三日，墨灶火大发^①，几焚屋；救灭，遂罢作墨。得佳墨大小五百丸，入漆者几百丸^②，足以了一世著书用。仍以遗人，所不知者何人也。余松明一车，仍以照夜。二十八日二鼓，作此纸。

① 提取松烟的灶火蔓延出来。
② 入漆者，黑亮的墨。几，几乎，差不多。

为制墨几乎造成火灾，却因得到许多好墨而喜不可支：一位爱墨如狂的书法家的形象，了然如画。无怪乎王纳谏曰："东坡书墨事凡三十余题，此最韵也。"

自评文

吾文如万斛^①泉源，不择地皆可出。在平地滔滔汩汩^②，虽一日千里无难。及其与山石曲折，随物赋形，而不可知也。所可知者，常行于所当行，常止于不可不止，如是而已矣！其他虽吾亦不能知也。

① 斛，音 hú，古量器，一斛十斗，后改五斗。
② 汩汩，音 gǔ gǔ，水流很急的样子。汉枚乘《七发》："混汩汩兮。"
③ 随物赋形，指随着事物的变化，而成为不同的样子。

这篇"自评文"较客观地道出了作者文章的主要特点，是研究苏轼作品风格的最重要的第一手材料。

山水志

《西江月》序

　　顷在黄州，春夜行蕲水中，过酒家饮；酒醉，乘月^①至一溪桥上，解鞍曲肱^②醉卧，少休；及觉，已晓，乱山攒拥，流水锵然，疑非尘世也。书此语桥柱上。

① 乘月，趁着月色夜行。
② 曲肱，弯曲胳膊当枕头睡。肱，音 gōng。

　　早期词只标词牌，后渐有人复加标题，有的题目很长，兼及叙事、抒情、议论多种功能，实已成"序"。苏轼是这方面的高手，本篇简约而丰腴，作者的步履神态，举手投足，彰显着个性自由的解放。词附后，可对读。

　　照野弥弥浅浪，横空隐隐层霄。障泥未解玉骢骄，我欲醉眠芳草。

可惜一溪风月，莫教踏碎琼瑶。解鞍欹枕绿杨桥，杜宇一声春晓。

记赤壁

黄州守居之数百步为赤壁，或言即周瑜破曹公处，不知果是否？断崖壁立，江水深碧，二鹘①巢其上，上有二蛇，或见之。遇风浪静，辄乘小舟至其下，舍舟登岸，入徐公洞。非有洞穴也，但山崦②深邃耳。《图经》云是徐邈，不知何时人，非魏之徐邈也。岸多细石，往往有温莹如玉者，深浅红黄之色，或细纹如人手指螺纹也。既数游，得二百七十枚，大者如枣栗，小者如芡实③。又得一古铜盆，盛之，注水粲然。有一枚如虎豹首，有口鼻眼处，以为群石之长。

① 鹘，音 hú，隼类猛禽。
② 崦，音 yān，山。
③ 芡实，即鸡头米，一种水生植物。

此篇与前后《赤壁赋》格调不同，可对读。"赋"主铺张，多抒情；"记"主叙述，多状物。一绚烂，一平实。

苏轼堪称我国"观赏石"最早的玩家，此篇可证。

游沙湖

黄州东南三十里，为沙湖，亦曰螺师店。予买田其间，因往相田^①，得疾。闻麻桥人庞安常善医而聋，遂往求疗。安常虽聋，而颖悟绝人，以纸画字，书不数字，辄深了人意。余戏之曰："余以手为口，君以眼为耳，皆一时异人也。"疾愈，与之同游清泉寺。寺在蕲水^②郭门外二里许。有王逸少洗笔泉^③，水极甘。下临兰溪，溪水西流。余作歌云："山下兰芽短浸溪。松间沙路净无泥。萧萧暮雨子规啼。谁道人生无再少^④？君看流水尚能西。休将白发唱黄鸡^⑤！"是日，剧饮而归。

① 相田，视察田地。

② 蕲水，县名，故城在今湖北浠水东。

③ 相传王羲之学书，池水尽黑。此处不过是借前人事迹命名而已。

④ 无再少，青春一去不复返吗？作者病愈，又见溪水西流，故作此欢乐语。古诗："百川东到海，何时复西归？少壮不努力，老大徒伤悲。"

⑤ 白居易《醉歌示妓人商玲珑》，有"谁道使君不解歌，听唱黄鸡与白日。黄鸡催晓丑时鸣，白日催年酉前没"之句，这里反用其意，并借慰庞安常。

这是一篇著名的游记小品，写与庞安常的交往，很有情趣；游兰溪所作歌词（词调《浣溪沙》），情绪乐观，尤为人传诵。

东坡博识多学，对医药亦深有研究。北宋著名科学家沈括所著《苏沈良方》八卷，即收录了东坡在医药方面著述及验方。

庞安常与苏轼治病之前，小有名气，曾著《伤寒病论》，东坡原拟为之作序，后东坡南迁，序未成。黄山谷为此书作跋。

记樊山^①

　　自余所居临皋亭下，乱流而西，泊于樊山，为樊口。或曰"燔山"，岁旱燔^②之，起龙致雨；或曰樊氏居之。不知孰是。其上为卢州。孙仲谋^③汛江，遇大风，柂师^④请所之。仲谋欲往卢州，其仆谷利以刀拟^⑤柂师，使泊樊口。遂自樊口凿山通路，归武昌。今犹谓之"吴王岘"。有洞穴，土紫色，可以磨镜。循山而南，至寒溪寺。上有曲山，山顶即位坛、九曲亭，皆孙氏遗迹。西山寺泉水白而甘，名菩萨泉；泉所出石，如人垂手也。山下有陶母^⑥庙。陶公^⑦治武昌，既病登舟，而死于樊口。寻绎故迹，使人凄然。仲谋猎于樊口，得一豹。见老母曰："何不逮其尾？"忽然不见。今山中有圣母庙。予十五年前过之，见彼板仿佛有"得一豹"三字，今亡矣！

① 樊山，在湖北鄂州市西，与黄州隔江相望。

② 燔，音 fán，烧。

③ 三国时吴主孙权，字仲谋。

④ 柂师，即舵手。柂，通"舵"。

⑤ 拟，逼迫的意思。

⑥ 陶母，晋陶侃的母亲，以教子严而贤惠受到后世尊重。

⑦ 陶公，即陶侃，字士行，江西鄱阳人，后徙寻阳。历任侍中、太尉，拜大将军，在军四十一年，很有威名；曾镇守武昌。

这篇游记有行踪，有考察，有传闻，有见实，古往今来，融为一体，开合自如。刘辰翁评曰："淡宕成章，使刻画者气索。"

记承天寺①夜游

元丰六年②十月十二日，夜，解衣欲睡；月色入户，欣然起行。念无与为乐者，遂至承天寺，寻张怀民。怀民亦未寝，相与步于中庭。庭下如积水空明③，水中藻、荇④交横，盖竹柏影也。何夜无月？何处无竹柏？但少闲人如吾两人者耳。

① 承天寺在黄州。

② 元丰六年，为公元 1083 年。

③ 积水空明，是说月光如水，积于庭院之中，清澈明亮。

④ 藻、荇都是水草名。荇，音 xìng。

这是篇历来为人们争诵的好文。它的特点是清新、隽永、凝练、含蓄。全篇仅八十四字，叙事，写景，抒情，融为一体。文中的点晴之笔是"闲人"二字。闲人对闲景，益觉清幽，却又自得其乐。吕叔湘谓"其意境可与陶渊明之'采菊东篱下，悠然见南山'相比"。

记游定惠院 ①

黄州定惠院东小山上，有海棠一株 ②，特繁茂。每岁盛开，必携客置酒，已五醉其下矣。今年复与参寥师及二三子访焉，则园已易主。主虽市井人 ③，然以予故，稍加培治。山上多老枳 ④ 木，性瘦韧，筋脉呈露，如老人项颈。花白而圆，如大珠累累，香色皆不凡。此木不为人所喜，稍稍伐去，以予故，亦得不伐。既饮，往憩于尚氏之第⑤。尚氏亦市井人也，而居处修洁，如吴越间人。竹林花圃皆可喜。醉卧小板阁上。稍醒，闻坐客崔成老弹雷氏琴⑥，作悲风晓月，铮铮然，意非人间也。晚乃步出城东，鬻⑦大木盆。意者谓可以注清泉，瀹⑧瓜李。遂夤⑨缘小沟入何氏、韩氏竹园。时何氏方作堂竹间，既辟地矣，遂置酒竹阴下。有刘唐年主簿者，馈油煎饵，其名"为甚酥⑩"，味极美。客尚欲饮，而予忽兴尽，乃径归。道过何氏小圃，乞其藂⑪橘，移种雪堂之西。坐客徐君得之⑫，将适闽中，以后会未可期，请予记之，为异日拊掌⑬。时参寥独不饮，以枣汤代之。

① 定惠院，苏诗查（慎行）注引《名胜志》，"定惠院在黄冈县东南"。据文中"五醉其下"，此文当作于元丰七年春。

② 作者初到黄州，有《寓居定惠院之东，杂花满山，有海棠一株，土人不知贵也》一诗，中有"也知造物有深意，故遣佳人在空谷。自然富贵出天姿，不待金盘荐华屋"之句，可知作者当每年花开时"醉其下"的心情。

③ 市井人，即指普通的市民。

④ 枳，是一种落叶灌木或小乔木，茎上有刺，不能成材，果又酸苦，故"不为人所喜"。

⑤ 憩，音 qì，休息。第，住所。

⑥ 雷氏琴，《东坡题跋》中有"家藏雷琴"一则，说琴上有铭曰："雷家记"之语。这里似指此琴。

⑦ 鬻，音 yù，本是"卖"的意思，这里作"买"讲。

⑧ 瀹，音 yuè，以水浸渍。

⑨ 夤，攀附。

⑩ "为甚酥"，苏轼专有《为甚酥》一文，曰："在黄州时，尝赴何秀才会食，油果甚酥。因问主人：'此名为何？'主人对以无名。东坡又问：'为甚酥？'坐客皆曰：'是可以为名矣！'又潘长官以东坡不能饮，每为设醴，坡笑曰：'此必错煮水也。'他日忽思油果，作小诗求之云：'野饮花前百事无，腰间唯系一葫芦，已倾潘子错煮水，更觅君家为甚酥。'"

⑪ 藂，同"丛"字。

⑫ 徐得之，作者的朋友。

⑬ 拊掌，拍手。拊，音 fǔ，也作"抚"。这里是作为笑谈的意思。

这篇也是东坡小品中的代表作。全文写了十多件事，既不堆砌，又无间隔，状物抒情，随笔挥洒，恰如"行云流水"。

蓬莱阁[①] 记所见

登州[②]蓬莱阁上，望海如镜面，与天相际。忽有如黑豆数点者，郡人云："海舶[③]至矣！"不一炊[④]久，已至阁下。元丰八年十月晦日，眉山苏轼书。

① 蓬莱阁在蓬莱市丹崖山上，宋嘉佑年间建造，北临大海，气象雄伟，成为著名的游览胜地。
② 登州，今山东蓬莱市，北滨渤海，与辽东半岛的老铁山头遥遥相对，成为渤海门户。
③ 舶，音 bó，航海的大船。
④ 一炊，一顿饭的工夫。

据东坡年谱："（元丰八年）五月得旨除知登州，十月十五日到登州，二十日以礼部员外郎召还朝。"可见苏轼在登州时日极短。本文以极经济的文字，写出了大海辽阔的气势。

雪浪斋^①铭并引

予于中山^②后圃，得黑石白脉，如蜀孙位、孙知微^④所画，石间奔流，尽水之变。又得白石曲阳，为大盆以盛之，激水其上，名其室曰"雪浪斋"云：

尽水之变蜀两孙，与不传者归九原。异哉驳石^④雪浪翻，石中乃有此理存。玉井芙蓉丈八盆，伏流飞空漱其根。东坡作铭岂多言，四月辛酉绍圣元^⑤。

① 作者在定州（今河北定州市）获一佳石，名"雪浪石"，名其室为"雪浪斋"。
② 定州古称中山。
③ 孙位、孙知微，均见《书蒲永升画后》注。但孙位不

是蜀人，曾任蜀之文成殿上将军，作者以为蜀人，非。

④ 驳石，杂石。驳，音 bó。

⑤ 绍圣，宋哲宗年号。元为元年，公元 1094 年。苏轼是
上一年十月到定州任，正是在写此铭之时，奉旨调知
英州。未达英州，又贬惠州。

作者写石，并写水，比之蜀画家笔下的蜀山蜀水，含有
思念故里的意思。作者《雪浪石》诗有："此身自幻孰非梦，
故国山水聊心存。"这种思念，恐怕也与政局的变幻有关。

陈氏草堂

慈湖①陈氏草堂，瀑流出两山间，落于堂后，如悬布崩
雪，如风中絮，如群鹤舞。参寥子问主人，乞此地养老。主
人许之。东坡居士投名作供养主②。龙丘子欲作库头③，参
寥不纳，云："待汝一口吸尽此水，令汝作。"

① 慈湖，在今安徽当涂县北。苏轼绍圣元年南行过此。

② 供养主，佛家主管香火、饮食的人。

③ 龙丘子，作者的朋友。库头：管理财物的人。

　　对陈氏草堂的优美环境，只突出堂后的瀑布，连用三个奇特的比喻状之。进而从朋友间的谑语，由侧面烘托出草堂的清幽可爱。

记游松风亭

　　余尝寓居惠州嘉祐寺①，纵步松风亭下，足力疲乏，思欲就床止息。仰望亭宇，尚在木末②，意谓是如何得到？良久，忽曰："此间有甚么歇不得处？"由是心若挂钩之鱼，忽得解脱。若人悟此，虽两阵相接，鼓声如雷霆，进则死敌，退则死法，当恁么时也，不妨熟歇③。

　　① 惠州，今广东惠州市。据《东坡年表》，苏轼绍圣元

年十月二日到惠州，十八日迁居嘉祐寺。

② 木末，本指树梢，这里指高处。

③ 熟歇，很好地、着实地歇息一下。

绍圣元年，章惇为相，复行新法。苏轼再次被贬，授宁远军节度副使，惠州安置。这篇文章就事抒情，在严重的政治打击下，仍见其豁达开朗的精神面貌，文中表达了一种"顿悟"思想，也是受了禅宗的影响。

游白水书付过^①

绍圣元年十月十二日，与幼子过游白水佛迹院。浴于汤池^②，热甚，其源殆可熟物。循山而东，少北，有悬水百仞。山八九折，折处辄为潭，深者磓^③石五丈，不得其所止。雪溅雷怒，可喜可畏。水崖有巨人迹数十，所谓佛迹也。暮归倒行，观山烧^④，壮甚。俯仰度数谷。至江，山月出。击汰中流^⑤，掬弄珠璧^⑥。到家二鼓，复与过饮酒，食余甘^⑦煮菜。顾影颓然，不复甚寐，书以付过。东坡翁。

① 白水，山名，在广州市增城区东面，是罗浮山的东麓。
   因山巅有瀑布，状如白练，所以叫白水山。付，是给、
   与的意思。苏过是苏轼的第三子，能诗，有《斜川集》。
② 汤池，热水池，即温泉。
③ 硾，音 duī，撞击，向下投石。
④ 山烧，放火烧掉山草，然后开垦播种，是山区一种耕
   作方式。烧，读 shào，作动词用。
⑤ 击汰中流，在江心划船。汰，音 tài，水波。
⑥ 掬弄珠璧，掬，音 jū，捧的意思。珠指划船溅起的水点。
   璧，本是圆形的玉，这里指浸在水中的明月。
⑦ 余甘，即油甘子，两广产的一种果子。

这篇游记善于取景，情景交融，不言哀乐，作者虽处逆
境，亦作顺境度过。

江月

岭南气候不常①。吾尝曰："菊花开时乃重阳，凉天佳月

即中秋。"不须以日月为断也^②。今岁九月，残暑方退；既望^③之后，月出愈迟。予常夜起，登合江楼，或与客游丰湖^④，入栖禅寺，叩罗浮道院，登逍遥堂，逮晓乃归。杜子美云："四更山吐月，残夜水明楼。"^⑤此殆古今绝唱也，因其句作五首，仍以"残夜水明楼"为韵。

① 不常，言岭南气候与中原的时令不同。
② 这句是说不能用日月推断岭南的季节。
③ 农历每月十五日为"望"，十六日为"既望"。
④ 丰湖，在惠州城西，一名西湖。下文的栖禅寺、罗浮道院、逍遥堂，均在丰湖。
⑤ 这两句见杜甫的《月》诗。

这是苏轼《江月》诗的序言，记夜游之乐。《江月》诗共五首，陈迩冬《苏轼诗选》未录，兹补于后，以供参读：

一更山吐月，玉塔卧微澜。正似西湖上，涌金门外看。冰轮横海阔，香雾入楼寒。停鞭且莫上，照我一杯残。

二更山吐月，幽人方独夜。可怜人与月，夜夜江楼下。

风枝久未停，露草不可藉。归来掩关卧，唧唧夜虫话。

三更山吐月，栖鸟亦惊起。起寻梦中游，清绝正如此。
驱云扫众宿，俯仰迷空水。幸可饮我牛，不须违洗耳。

四更山吐月，皎皎为谁明？幽人赴我约，坐待玉绳横。
野桥多断板，山寺有微行。今夕定何夕，梦中游化城。

五更山吐月，窗迥室幽幽。玉钩还挂户，江练却明楼。
星河澹欲晓，鼓角冷如秋。不眠翻五咏，清切变蛮讴。

合江楼下戏 [①]

合江楼下，秋碧浮空，光摇几席之上，而有茅店庐屋七八间，横斜砌下。今岁大水再至 [②]，居人散避不暇。岂无寸土可迁，而乃眷眷 [③] 不去，常为人眼中沙乎？绍圣二年九月五日。

① 戏，戏谑，玩笑话。合江楼，惠州城的东门楼，因城外东江与西枝江至此汇合而得名。苏轼曾有"海山葱

晓气佳哉，二江合处朱楼开；蓬莱方丈应不远，肯为苏子浮江来……"的诗句。

② 苏轼《迁居》诗序云："吾绍圣元年十月二日至惠州，寓居合江楼。是月十八日，迁于嘉祐寺。二年三月十九日，复迁于合江楼。三年四月二十日，复归于嘉祐寺。"

③ 眷眷，留恋不舍的样子。

既是"戏言"，文中语意当从反面看。

人世间

题云安^① 下岩

子瞻、子由^②与侃师至此，僧院^③以路恶见止，不知仆之所历有百倍于此者矣！丁未^④正月二十日书。

① 云安，今四川云阳县。
② 子由，苏轼的弟弟，名辙，字子由，也是著名的文学家，著有《栾城集》。
③ 僧院，指寺院中的僧人。
④ 丁未，治平四年（公元 1067 年）。治平三年，苏轼的父亲苏洵故去，兄弟二人均在蜀守服，故有云安之行。

本是平常语，但经作者轻轻用笔一点，即生出许多韵味。此时苏轼年仅三十二岁，仕途也还顺利，"仆之所历"的"历"，当指游历，未必有深意。但纵观作者生平，这一句却成了他的"谶语"。

答贾耘老①（二则）

久放江湖，不见伟人。前在金山②，滕元发③乘小舟破巨浪来相见，出船，巍然使人神耸。好个没兴底④张镐⑤相公。见时，且为我致意。别后酒狂，甚长进也。老杜⑥云："张公一生江海客，身长九尺须眉苍"，谓张镐也。萧嵩荐之云："用之则为帝王师，不用则穷谷一病叟耳！"

① 贾耘老，名收，浙江乌程人。他很佩服苏轼，专门著有《怀苏集》。

② 金山，在江苏镇江，矗立于长江中，是有名的游览胜地。作者熙宁四年（公元 1071 年）曾游金山。

③ 滕元发，原名甫，字元发。后因避高鲁王讳，便以字为名，另字达道。东阳（今浙江金华市）人，受知于宋神宗，文武全才，官至龙图阁学士。

④ 没兴底，宋时口语，兴致勃勃的意思。

⑤ 张镐，字从周，唐代博州（今山东聊城市）人。肃宗时官拜同平章事。为人居身廉洁，不结纳宦官，屡遭谗毁，遂被罢相。代宗间起为江南西道观察使，封平原郡公。

⑥ 后人称唐代伟大诗人杜甫为"老杜"。

本文善于使用衬笔，对滕元发没有一句刻画语，而人物的音容却呼之欲出。

又

今日舟中无他事，十指如悬槌①。适有人致嘉酒，遂独饮一杯，醺然径醉。念贾处士②贫甚，无以慰其意，乃为作怪石古木一纸。每遇饥时，辄一开看，还能饱人否？若吴兴③有好事者，能为君月致米三石，酒三斗④，终君之世者，便以赠之。不尔者，可令双荷叶⑤收掌，须添丁长以付之也。

① 这一句是说两手空落，无所事事。这个拟喻新奇。

② 旧时称有才德而隐居没有做官的人为处士。

③ 吴兴，即今浙江湖州市，在太湖之南。

④ 斝，同"斗"，量器。

⑤ 双荷叶，贾耘老的妾。

东坡小品每于小事见精神。宋末刘辰翁说："事经东坡拈出便韵。"明人王纳谏说："文至东坡，真是不烦作文，只随事记录便是。"

书凤咮①砚

建州②北菀凤凰山，山如飞凤下舞之状。山下有石，声如铜铁，作砚至美，如有肤筠然③，此殆玉德也。疑其太滑，然至益墨。熙宁五年④，国子博士王颐⑤始知以为砚，而求名于余。余名之曰"凤咮"，且又戏铭其底云："坐令龙尾羞牛后。"歙⑥人甚病此言。余尝使人求砚于歙，歙人云："何不只使凤咮石?"卒不得善砚。乃知名者物之累,争媢⑦之所从出也。或曰:"石不知恶⑧争媢也?"余曰:"既不知恶争媢,亦不知好美名矣!"

① 咮,音 zhòu,鸟的嘴。

② 建州,今福建建瓯市。

③ 筠,音 yún,本指竹子的青皮,这里借指色青而有光泽。

④ 熙宁,宋神宗赵顼的年号。熙宁五年,为公元 1072 年。

⑤ 王颐,山西太原人。作者有《王颐赴建州钱监求诗及草书》诗云:"我昔识子自武功,寒厅夜语尊酒同。酒阑烛尽语不尽,倦仆立寐僵屏风。"

⑥ 歙,音 shè,歙石产自江西婺源县、玉山县等,因核心产地在古代均属歙州,故名歙砚。歙砚自南唐即享盛名,与端砚并称,且以"龙尾砚"为最佳。龙尾山即在江西婺源。

⑦ 媢,音 mào,嫉妒。

⑧ 恶,音 wū,疑问词。即何以、什么、怎样。

因为给砚起了一个名,致使见责于歙人,而不与善砚。

这种重名而不重实的风气，作者大不以为然。此文娓娓叙来，不作愤激语，然锋芒所指，正是当时的"争媚"恶习。

猎会诗序 ①

雷胜，陇西人，以勇敢应募得官，为京东第二武将。膂力绝人，骑射敏妙，按阅于徐②。徐人欲观其能，为小猎城西。又有殿直郑亮借职缪进③者，皆骑而从，弓矢刀槊，无不精习。而驻泊黄宗闵，举止如诸生④，戎装轻骑，出驰绝众。客皆惊，笑乐甚。是日，小雨甫晴⑤，土润风和，观者数千人。曹子桓⑥云："建安十年⑦，始定冀州⑧，濊貊⑨贡良弓，燕代⑩献名马，时岁之春，勾芒⑪司节，和风扇物，弓燥手柔，草茂兽肥。与兄子丹猎于邺⑫西，手获獐鹿九，狐兔三十。"驰骋之乐，边人武吏，日以为常。如曹氏父子，横槊赋诗，以传于世，乃可喜耳。众客既各自写其诗，因书其末，为异日一笑！

① 元丰二年在徐州作。作者有《人日猎城南，会者十人，以"身轻一鸟过，枪急万人呼"为韵，得鸟字》一诗，与本文记同一事。查慎行注："轼与将官雷胜并同官寄居等一十人出猎，作诗各一首，计十首。"这便是"会猎诗"。按：这十首诗中，苏轼作了两首，除上首外，尚有《将官雷胜得过字代作》一首。

② 按阅，视察。徐，今江苏徐州市。

③ 缪进，一起参加。缪，音 móu，结连的意思。

④ 诸生，本指太学生，如韩愈《进学解》："晨入太学，招诸生立馆下。"这里指读书人。

⑤ 甫晴，刚刚放晴。

⑥ 曹子桓，即曹操的次子、魏文帝曹丕。

⑦ 建安十年，为公元 205 年。这一年曹操打垮了袁氏主要势力，兼并了冀、青、幽、并四州，基本上统一了黄河流域。

⑧ 冀州，今河北冀州市。

⑨ 濊貊，音 Weì mò，先秦时期的北方民族。

⑩ 燕、代，皆古国名，在今河北、山西的北部。

⑪ 勾芒，古代传说中的木神名，又作"句芒"。《礼·月令》："孟春之月……其神句芒。"

⑫ 邺，今河北临漳西南。"邺西"，一本作"城西"。

宋时北方的辽、西夏等民族，均时时窥伺中原，边境很不安定。此文极写会猎之盛，借曹子桓的话，抒发作者戍边立功的抱负，与他的词《江城子·密州出猎》"会挽雕弓如满月，西北望，射天狼"，是同一格调。

与通长老 ①

《三瑞堂诗》② 已作了，纳去。然恶诗竟何用？是家求之如此其切，不敢不作也。惠及温柑甚奇，此中所未尝识。枣子两篚 ③，不足为报，但此中所有止此尔。单君赆必常相见，路中屡有书去。久望来书，且请附"密州递寄"数字，告为速达此意。

① 通长老，作者僧友，居苏州虎丘。
② 三瑞堂，在苏州阊门之西枫桥，堂主姚淳。

③ 筤，当是一种竹编容器。

这封信有意思。孔凡礼注曰："苏轼生平，不愿为人撰写墓志铭之类之作品。据此文，苏轼实亦不愿为淳撰写《三瑞堂诗》，以其'家求之如此其切，不敢不作'。此类语言，实不可与姚淳直接提及。姚淳求苏轼撰诗，通长老当深悉，故以此种心情，略向通长老流露，以表达其不得已之意。"然何以不得已"不敢不作"呢？苏轼另信称"姚君笃善好事"，人品声誉应不错，拒之不近人情，作之又不情愿。无奈之情，值得玩味。

与滕达道

某欲面见一言者，盖谓吾侪①新法之初，辄守偏见，至有异同之论。虽此心耿耿，归于忧国，而所言差谬，少有中理者。今圣德日新，众化大成，回视向之所执，益觉疏矣。若变志易守②以求进取，固所不敢；若哓哓③不已，则忧患愈深。公此行尚深示知。非静退意，但以老病衰晚，旧臣之心，欲一望清光而已。如此，恐必获一对。公之至意，无乃出于此乎？辄恃深眷，信笔直突④，千万恕之，死罪！

① 侪，音 chái，同辈、同类人。
② 变志易守，改变原来的观点、看法。
③ 哓哓，音 xiāo，争论的声音。
④ 直突，唐突，冒犯。

苏轼是新法的反对派，但从这封信可知他对新法的看法并非一成不变。这也就是后来司马光上台后要尽废新法，苏轼又与之力争的原因。

跋与可纡竹①

纡竹生于陵阳②守居之北崖，盖岐竹③也。其一未脱箨④，为蝎所伤；其一困于嵌岩，是以为此状也。吾亡友文与可为陵阳守，见而异之，以墨图其形。余得其摹本，以遗玉册官祁永，使刻之石，以为好事者动心骇目诡特之观，且以想见亡友之风节，其屈而不挠者，盖如此云。

① 纡竹，弯曲的竹子。纡，音 yū。
② 陵阳，即陵州，今四川仁寿县。苏诗查注引《舆地广记》："后周置陵州，宋熙宁五年废为陵井监。"苏轼有《送文与可出守陵州》诗。
③ 岐竹，分岔的竹子。
④ 箨，音 tuò，竹笋上一层层的外皮。

先写纡竹的生成，再写与可所作之画，最后以物忆人，以物喻人；"屈而不挠"，寄托着对亡友的哀思与颂扬。文与可卒于元丰二年，即公元 1079 年。

题杨朴妻诗^①

真宗东封还^②，访天下隐者，得杞人杨朴，能为诗。召对^③，自言不能。上问临行有人作诗送否？朴言："无有。惟臣妻一绝云：'且休落魄贪杯酒，更莫猖狂爱咏诗。今日捉将官里去，这回断送老头皮。'"上大笑，放还山，命其子一官就养。余在湖州，坐作诗追赴诏狱^④，妻子送余出门，皆哭。无以语之，顾老妻曰："子独不能如杨处士妻作一诗送我乎？"妻不觉失笑，予乃出。

① 杨朴，字契元，郑州人，性格怪癖，宋太宗曾以布衣召见，辞官不受而归。
② 东封，指宋真宗大中祥符年间封禅泰山事。
③ 召对，召见问话。
④ 诏狱，宋代皇帝下诏差官组成的审理重大案件的临时性审讯机构。《苏轼年谱》："就逮。与妻子诀别，

留书与弟辙，处置后事。"

世上如真有人能泰山崩于前而面不改色，苏轼是一个。他以作诗讥讪新政追赴诏狱，事发突然，"自期必死"，仍能淡定自若，笑慰妻儿，该有多大胸襟！

与子由弟

或为予言，草木之长，常在昧明间①。早起伺②之，乃见其拔起数寸，竹笋尤甚。夏秋之交，稻方含秀③，黄昏月出，露珠起于其根，累累然忽自腾上。若推之者，或缀于茎心，或缀于叶端，稻乃秀实，验之信然。此二事，与子由养生之说契，故以此为寄。

① 昧明间，指晨昏之时，天将亮未亮，或将黑未黑。昧，暗。
② 伺，音 sì，观察。
③ 含秀，孕有稻穗。

清晨去看竹笋拔节生长，黄昏去观察稻叶露珠生成，苏轼将谪居黄州的这种生活视为"养生"，实是一种精神追求。通过接触自然，与万物契合，趋向天人合一，以道家思想来调剂自己突陷逆境的不适心态。

与言上人 ①

去岁吴兴仓卒为别 ②，至今耿耿。谪居穷陋，往还断尽。远辱不遗，尺书见及，感怍 ③ 殊深。比日法体佳胜。札翰愈精健，诗必称是，不蒙见示，何也？雪斋 ④ 清境，发于梦想。此间但有荒山大江，修竹古木，每饮村酒，醉后曳杖放脚，不知远近，亦旷然天真，与武林 ⑤ 旧游，未易议优劣也。何时会合一笑，惟万万自爱。

① 言上人，名法言，字无择，上人是对僧人的尊称。
② 去岁，指元丰二年（公元 1079 年）。吴兴，今浙江湖

州市。仓卒，今通常写为"仓猝"；卒，音 cù，突然。此句言苏轼去岁在湖州突然被捕下狱事。

③ 怍，音 zuò，惭愧。

④ 雪斋，法言在杭州的居所。秦观《雪斋记》："雪斋者，杭州法会院言师所居室之东轩也。始言师开此轩，汲水以为池，累石以为小山，又洒粉于峰峦草木之上，以象飞雪之集。州倅太史苏公过而爱之，以为事虽类儿嬉，而意趣甚妙，有可以发人佳兴者，为名曰雪斋而去。"

⑤ 武林，杭州别称。

"雪斋清境"与"谴居穷陋"两相对应，并无优劣；仕途巨变，而心境如一。人不堪其忧，己不改其乐，正是苏轼的品格。明代李贽称此书"风致翩翩"，是为知言。

商君功罪①

商君之法，使民务本力农，勇于公战②，怯于私斗，食足兵强，以成帝业。然其民见刑而不见德，知利而不知义，卒以此亡。故帝秦者③商君也，亡秦者亦商君也。其生有南面④之福，既足以报其帝秦之功矣；而死有车裂⑤之祸，盖仅足以偿其亡秦之罚。理势自然，无足怪者。后之君子，有商君之罪，而无商君之功，飨商君之福，而未受其祸者，吾为之惧矣。元丰三年九月十五日，读《战国策》书。

① 商君即商鞅，战国时卫国人，亦称卫鞅。先为魏相家臣，后入秦，助秦孝公变法，使秦日益强大，因功封于商（今陕西丹凤西北），故称商君，亦称商鞅。

② 公战，为秦国对外作战。

③ 帝秦者，使秦称帝的人。

④ 南面，坐北面南是地位尊贵的象征，商鞅有了自己的封地，故称。

⑤ 车裂，古代一种极为残酷的死刑，俗称五马分尸。秦孝公死后，商鞅遭到贵族们的攻击诬害，被继任的秦惠文王处以车裂。

这是一篇史论，或称读史札记。全文重点不在通过史料，亮出对商君功罪的看法，而是以史为鉴，对照现实，指出"后之君子"的可"惧"之处，可警惕担忧的地方。

周瑜雅量

曹公闻周瑜年少有美才，谓可游说动也。乃密下扬州，遣九江蒋干往见瑜。干有仪容，以才辩见称，独步江淮之间。乃布衣葛巾，自托私行，诣瑜。瑜出迎之，立谓干曰："子翼良苦，远涉江湖，为曹公作说客耶？"干曰："吾与足下州里①，中间隔别，遥闻芳烈，故来叙阔②，并观雅规③，而云'说客'，无乃逆诈④矣乎？"瑜曰："吾虽不及夔、旷⑤，闻弦赏音，足知雅曲。"后三日，瑜请干同观营中，行视仓库军资器仗讫⑥，还，饮燕⑦，示之侍者服饰珍玩之物。因谓干曰："丈夫处世，遇知己之主，外托君臣之义，内结骨肉之恩，言行计从，祸福共之。假使苏、张⑧更生，郦、陆⑨复出，犹将抚其背而折其辞⑩，岂足下小生所能移乎？"干笑而不言，遂称瑜雅量高致，非言辞所间⑪。中州之士以此多之。苏子⑫曰："曹孟德所用，皆为人役者也⑬。以子房待文若⑭，然终不免杀之，岂能用公瑾之流度外之士哉！"

① 州里，指同州的乡里乡亲。

② 阔，阔别，长时间的离别。

③ 雅规，指肃整宏大的军营规模。

④ 逆诈，故意违心欺诈。

⑤ 夔，传说尧、舜时的以乐传教百姓的乐官。旷，指师旷，字子野，目盲，春秋时晋国的乐师。

⑥ 讫，音 qì，完毕。

⑦ 燕，通"宴"。

⑧ 苏、张，指战国时期纵横家苏秦和张仪。

⑨ 郦、陆，指秦末刘邦的谋士郦食其和陆贾。

⑩ 折其辞，把他们那些说辞都驳回去，不能使它发生作用。

⑪ 间，音 jiàn，离间。

⑫ 苏子，苏轼自指。

⑬ 为人役者，被别人指使奴役的人。

⑭ 张良，字子房，刘邦称帝的重要谋臣，封留侯。荀彧，彧，音 yù，字文若，曹操的谋士，后因反对曹操称魏公，

被逼自杀。

这是读《三国志》有关周瑜的一则史论。叙事极为简洁，尤其是周瑜与蒋干的两轮对话，对照中衬托出周瑜心思缜密、机警果断的性格特点，一位英姿勃发的青年将领形象已跃然纸上。小说《三国演义》赤壁之战的序幕"蒋干盗书"一节，可视此为张本。苏轼所论的重点在"外托君臣之义，内结骨肉之恩"的君臣关系，这是他的政治理想，但在君主专制的社会中是不会有的，曹孟德做不到，哪个皇帝也不会与臣子同心同德，"祸福共之"。

书临皋亭^①

东坡居士^②酒醉饱饭，倚于几上。白云左绕，清江右洄^③；重门洞开，林峦坌^④入。当是时，若有思而无所思，以受万物之备。惭愧惭愧。

① 临皋亭，在黄州（今湖北黄冈市黄州区）南长江边上。苏轼来黄州之初寓居于此。

② 东坡，地名，在黄州。这里原是一片荒营地，苏轼来黄州后加以开垦，躬耕于此，并为自己取了"东坡居士"这一别号。在家修道的称为"居士"。苏轼受释、道思想的影响很深。

③ 洄，江水逆流。

④ 坌，音 bèn，聚集的意思。

苏轼以"乌台诗案"入狱。出狱后，贬为黄州团练副使，元丰三年（公元 1080 年）二月到职。这是一个有名无权的闲散官职。这时尚是"犯官"，是受监视的。遭此打击后，作者的思想是很矛盾的。这则小品写景雄深，别开生面。景又是人的眼中景，人的神态、思绪，宛在画中。当时心境，可与作者《初到黄州》一诗参读，兹录于后：

自笑平生为口忙，老来事业转荒唐。长江绕郭知鱼美，好竹连山觉笋香。逐客不妨员外置，诗人例作水曹郎。只惭无补丝毫事，尚费官家压酒囊。

别文甫子辩 ①

仆以元丰三年二月一日至黄州，时家在南都②，独与儿子迈来郡中，无一旧识者。时时策杖在江上，望云涛渺然，亦不知有文甫兄弟在江南也。居十余日，有长髯者，惠然见过，乃文甫之弟子辩。留语半日，云："迫寒食③，且归东湖。"仆送之江上，微风细雨，叶舟横江而去。仆登夏隩尾高丘以望之，仿佛见舟及武昌，步乃还。尔后遂相往来，及今四周岁，相过殆百数。遂欲买田而老焉，然竟不遂。近忽量移临汝④，念将复去，而后期未可必。感物凄然，有不胜怀。浮屠不三宿桑下者⑤，有以也哉！七年三月九日。

① 王齐愈，字文甫，嘉州（今四川乐山市）人。王齐万，字子辩。从苏轼赠王齐万的诗"君家稻田冠西蜀，捣玉扬珠三万斛。塞江流柿起书楼，碧瓦朱栏照山谷"等句看，王家极豪富。是时王齐愈正与其弟寓居武昌县。

② 南都，今河南南阳市。

③ 迫，临近。寒食，节名，在清明节的前二日，这一天有禁火的风俗。

④ 临汝，即汝州，今河南临汝县。

⑤ 这句话出自《后汉书·襄楷传》："浮屠不三宿桑下，不欲久生恩爱，精之至也。"浮屠，梵文 Buddha 的音译，也写作"浮图"、"佛陀"，意思是"觉者"。后来称得道的佛教徒都为浮屠，也简称为"佛"。所谓不三宿桑下，指不重住同一地方，以免产生留恋之心。

　　这篇文章有的本子题作"记别"，作意是很明显的。叙事抒情，而又情景交融；时间拉得很长（四年），而又写得很紧凑（不足二百字）。四年之间，作者与王文甫结下深情厚谊，临离开黄州之前，尚有书致王文甫云："本意终老江湖，与公扁舟往来，而事与心违，何胜慨叹。计公闻之，亦凄然也。甚有事欲面话，治行殊未集，冗迫之甚，公能两三日间特一见访乎？至望至望。"

记游松江^①

　　吾昔自杭移高密，与杨元素^②同舟，而陈令举^③、张子野^④皆从余。过李公择于湖，遂与刘孝叔^⑤俱至松江。夜半月出，置酒垂虹亭上。子野年八十五，以歌词闻于天下，作《定风波令》，其略云："见说贤人聚吴分^⑥，试问，也应傍有老人星?"坐客欢甚，有醉倒者，此乐未尝忘也。今七年^⑦耳，子野、孝叔、令举，皆为异物。而松江桥亭，今岁七月九日，海风架潮，平地丈余，荡尽，无复孑遗^⑧矣! 追思曩时，真一梦耳。元丰四年十二月十二日，黄州临皋亭，夜坐书。

① 松江，即吴淞江，在上海西部和江苏南部，从太湖流经上海入黄浦江。苏轼将离杭北去，此游似先由江经湖至松江县。

② 杨元素，名绘，四川绵竹人。苏轼在杭州时，他为杭

州太守，又能诗，彼此交游甚欢。

③ 陈令举，名舜俞，浙江湖州人。博学强记，举制科第一。苏轼在杭州时相与过从。

④ 张子野，名先，浙江湖州人。仁宗朝进士，做过都官郎中，晚年来往于杭州、吴兴间。他的词很有名，著有《安陆词》。

⑤ 刘孝叔，名述，湖州人。神宗朝为御史。

⑥ 吴分，吴地（今浙江北部）的分野（分界线）。

⑦ 从熙宁七年（公元 1074 年）苏轼离开杭州，至元丰四年（公元 1081 年）写此文时，共七年。

⑧ 孑遗，剩余，遗留。无复孑遗，意谓独存。

这是一篇追忆的记游之作。先写松江之游的盛况，欢情笑语，历历在目；陡然一转，人事全非。虽无悲伤语，却极沉痛。

记与安节^①饮

元丰辛酉^②冬至，仆在黄州，侄安节不远千里来省。饮酒乐甚，使作黄钟《梁州》^③，仍令小童快舞一曲。醉后书此，以识一时之事。

① 安节是作者的堂侄。作者在另一文中有云："侄安节于元丰庚申六月大水中，舟行下峡，常持此经，得脱险难。明年十二月，至黄州见轼"。
② 辛酉，即元丰四年。
③ 黄钟是声律的名称，梁州是乐曲的名称。

这是醉后信手所书数语，不假雕饰，而叔侄相见的欢娱之情，便跃然纸上。这种欢娱，是包含着常年对家乡亲友的思念在内的，作者同时所作《侄安节远来，夜坐》诗可证："心衰面改瘦峥嵘，相见惟应识旧声。永夜思家在何处？残年知汝远来情。"

饮酒说

予虽饮酒不多，然而日欲把盏为乐，殆不可一日无此君。州酿既少，官酤又恶而贵，遂不免闭户自酝。曲既不佳，手诀①亦疏谬，不甜而败，则苦硬不可向口②，慨然而叹，知穷人之所为，无一成者。然甜酸甘苦，忽然过口，何足追计取，能醉人，则吾酒何以佳为？但客不喜尔。然客之喜怒，亦何与吾事哉！元丰四年十月二十一日书。

① 手诀，制作方法。
② 向口，对着口，指难以饮用。

只记了一段酿酒失败的小事，却波澜迭起，层层转折，给人一种自得其乐的意味。

与彦正判官 ^①

古琴当与响泉韵磬 ^②，并为当世之宝。而铿金瑟瑟，遂蒙辍惠 ^③，拜赐之间，赧汗 ^④ 不已。又不敢远逆来意，谨当传示子孙，永以为好也。然某素不解弹，适纪老枉道见过，今其侍者快作数曲，拂历铿然 ^⑤，正如若人 ^⑥ 之语也。试以一偈 ^⑦ 问之："若言琴上有琴声，放在匣中何不鸣？若言声在指头上，何不于君指上听？"录以奉呈，以发千里一笑也。寄惠佳纸、名莳 ^⑧，重烦厚意，一一捧领讫，感怍 ^⑨ 不已。适有少冗 ^⑩，书不周谨。

① 判官是州、府的属官，掌管行政。

② 磬，音 qìng，有两种：一是古代宴集演奏的编磬，一是寺院僧侣举行佛事的圆磬。此处韵磬，是指前者。

③ 辍惠，割舍自己的爱物以赠人。

④ 赧汗，因羞惭而汗流。

⑤ 这句是说通过演奏，琴的音韵铿锵悦耳。

⑥ 若人，这里是称呼对方。

⑦ 偈，音 jì，梵语"偈陀"的省称，意思是颂词，即佛
经中的唱词，不论几言，均为四句，押韵，多含有哲理。

⑧ 荈，音 chuǎn，一种晚采的茶。

⑨ 怍，音 zuò，惭愧。

⑩ 少冗，零碎琐事。

这是一篇答谢的短函，通过对所赠古琴的赞美，道出真
挚的感激之情。其中的"琴诗"，是首好诗，极富哲理，且
有韵味。

与蔡景繁 ①

黄陂②新令李吁到未几，其声蔼然。与之语，格韵殊高。
比来所见，纵有小才，多俗吏，侪辈③如此人殆难得。公好
人物，故辄不自外耳。近葺④小屋，强名"南堂"⑤。暑月
少舒，蒙德殊厚。小诗五绝⑥，乞不示人。

① 蔡景繁，江西临川人。出身于豪门，能文，与苏轼常有诗词唱和。苏轼有诗赠之云："使君不独东南美，典型尚记先君子。"

② 黄陂，即今武汉市黄陂区。

③ 俦辈，这一类人。

④ 葺，音 qì，修筑。

⑤ 南堂，苏轼在黄州所筑屋名。

⑥ 这里的"五绝"是指五首绝句，即苏轼的《南堂五首》七言绝句。

　　这是一封推荐信，生动活泼。作者与蔡、李三个人物，全都隐现在百字之中。

与钦之

轼去岁^①作此赋，未尝轻出以示人，见者盖一二人而已。钦之^②有使至，求近文，遂亲书以寄。多难畏事，钦之爱我，必深藏之不出也。又有《后赤壁赋》，笔倦未能写，当俟后信。轼白。

① 《前赤壁赋》起首便云"壬戌之秋"，壬戌为元丰五年，公元 1082 年。这里的"去岁"指此。

② 傅尧俞，字钦之，早年登第，为监察御史。熙宁间，授直昭文馆，权盐铁副使，后拜中书侍郎。他与王安石相善，却又是新法的反对者。

前、后《赤壁赋》均为苏轼的代表作。这则跋语虽短，却有深意。"多难畏事"，且要求朋友"深藏之不出"，为读者阅读《赤壁赋》，了解作者当时作为"犯官"而深受压抑的心境，透露了消息。

与宝月大师 ^①

屡蒙寄纸糖，一一愧荷 ^②。驸马都尉王晋卿 ^③ 画山水寒林，冠绝一时，非画工所能仿佛。得一古松帐子奉寄；非吾兄，别识 ^④ 不寄去也。幸秘藏之，亦使蜀中工者见长意思也。他甚自珍惜，不妄与人画。知之。

① 宝月大师，俗姓苏，名惟简，字宗古，四川眉山人。
　　因与苏轼同乡同姓，轼以兄事之。
② 愧荷，即愧领、愧受。
③ 王晋卿，名诜，太原人，徙开封。娶英宗女，故称驸马，
　　都尉是他的官衔。他嗜收藏，善书画，名重一时。
④ 别识，有独到的见解。

得佳画一层；送与能赏识者一层；使蜀中工画事者增长

见识，又一层。语言简洁，于质朴中见婉转情思。

答吴子野①

每念李六丈②之死，使人不复有处世意；复一览其诗，为涕下也。黄州风物可乐，供家之物亦易致。所居江上，俯临断岸；几席之下，风涛掀天。对岸即武昌诸山，时时扁舟独往。若子野北行，能迂路一两程，即可相见也。

① 吴子野，名复古，号麻田山人，潮州人。苏轼南迁以后，和他交往尤多。

② 李六丈，名师中，字诚之，楚丘（今山东曹县）人。举进士，任天章阁待制。苏轼与吴秀才书中说："与子野先生游，几二十年矣。始以李六丈待制师中之言，知其为人。李公人豪也，于世少所屈伏。独与子野书云：'白云在天，引领何及？'"于此可见三人之间的关系。

苏轼与朋友的一些书信，最能以短语而寄深情。此则可为一例。

与参寥子五

览太虚①《题名》，皆予昔日游行处，闭目想之，了然可数。始予与辩才②别五年，乃自徐州迁于湖③。至高邮，见太虚、参寥④，遂载与俱。辩才闻予至，欲扁舟相过，以结夏未果。太虚，参寥，又相与适越，云秋尽当还。而予仓卒⑤去郡，遂不复见。明年，予谪居黄州，辩才、参寥，遣人致问，且以《题名》相示。时去中秋不十日，秋潦⑥方涨，水面千里，月出房、心⑦间，风露浩然。所居去江无十步，独与儿子迈⑧棹小舟至赤壁。西望武昌，山谷乔木苍然，云涛际天。因录以寄参寥，使以示辩才。有便至高邮，亦可录以寄太虚也。

① 秦观，字少游，又字太虚，号淮海居士，江苏高邮人。

他是"苏门四学士"之一，尤长于词。曾因苏轼的推荐，除太学博士，后任国史院编修官。著有《淮海词》。

② 辩才，姓徐，名元净，字无象，浙江於潜人。他十岁即出家为僧，能文，名气很大，二十五岁时赐紫衣及辩才法号。《辩才塔铭》云："沈公遗治杭，请住上天竺，增室几至万础，重楼杰观，冠于浙西。"晚年寓居龙井。他与苏轼有着极深厚的友谊。

③ 湖即湖州。苏轼从徐州移知湖州，是在元丰二年春。

④ 僧人道潜，字参寥，於潜人。能诗。苏轼称其诗"清绝，可与林逋上下"。其名句"禅心已作沾泥絮，肯逐春风上下狂"，最为苏轼所佩服。

⑤ 卒，音 cù，同"猝"。

⑥ 潦，音 lǎo，积聚的雨水。这里乃泛指江湖之水。

⑦ 房、心，都是星宿的名称，均属天蝎星座。

⑧ 苏迈，是苏轼的长子。

忆旧游，怀故友；叙目前景物，寄今日情怀。从容写来，不著痕迹。

附：龙井题名记

元丰二年中秋后一日，余自吴兴过杭，东还会稽。龙井有辨才法师，以书邀余入山。比出郭，日已夕。航湖至普宁，遇道人参寥。问龙井所遣篮舆，则曰："以不时至，去矣。"是夕天宇开霁，林间月明，可数毫发。遂弃舟，从参寥杖策并湖而行。出雷峰，度南屏，濯足于惠因涧，入灵石坞，得支径，上风篁岭，憩于龙井亭，酌泉据石而饮之。自普宁凡经佛寺十五，皆寂不闻人声。道旁庐舍，灯火隐显，草木深郁，流水激激悲鸣，殆非人间之境。行二鼓，始至寿圣院，谒辨才于潮音堂。明日乃还。

书子厚诗

柳子厚诗云："盛时一失贵反贱，桃笙葵扇安敢当。"不知桃笙为何物。偶阅《方言》[①]："簟[②]，宋、魏之间谓之笙。"乃悟桃笙以桃竹为簟也。梁简文《答湘南王献簟书》云："五离九折[③]，出桃枝之翠笋。"乃谓桃枝竹簟也。桃竹出巴、渝间，杜子美有《桃竹杖歌》。

① 《方言》为西汉文学家扬雄所著，是一部集不同地域、
不同时期的同义词语而大成的重要典籍。

② 簟，音 diàn，竹席。

③ 五离九折，疑为织席的程序或技法。实情不详，待考。

知识靠一点点积累，积累多了，便成"学问"。

河之鱼

河之鱼，有豚①其名者。游于桥间，而触其柱，不知远
去。怒其柱之触己也，则张颊植鬐②，怒腹而浮于水，久之
莫动。飞鸢过而攫之③，磔其腹而食之。好游而不知止，因
游以触物，而不知罪己，乃妄肆其忿，至于磔腹而死，可悲
也夫。

① 河豚体呈圆筒形，牙齿闭合为牙板，有气囊，可吸气
膨胀，内脏及血中有毒素。

② 张颊植鬣，张开两腮，竖起脊鳍。鬣，音 liè。

③ 鸢，音 yuān，老鹰。攫，音 jué，夺取。

苏轼很喜爱柳宗元（子厚）的《三戒》，写有《二鱼说》，自谓"非意乎续子厚者，亦聊以自警云"。这是其中的一篇，对"有妄怒而招悔"，犯了错误不知反省自己反迁怒客观的人，敲响警钟。

海之鱼

海之鱼，有乌贼其名者。呴水①而水乌，戏于岸间，惧物之窥己也，则呴水以蔽物。海乌疑而视之，知其鱼也而攫之。呜呼，徒知自蔽以求全，不知灭迹以杜疑，为识者之所窥，哀哉。

① 呴水，吐水泡，水沫。呴，音 xǔ，张口出气。

这是《二鱼说》的另一篇，讽刺"欲盖而弥彰者"。

措大 ① 吃饭

有二措大相与言志。一云："我平生不足，惟饭与睡耳。他日得志，当饱吃饭，饭了便睡，睡了又吃饭。"一云："我则异于是。当吃了又吃，何暇复睡耶？"吾来庐山，闻马道士善睡，于睡中得妙。然吾观之，终不如彼措大得吃饭三昧 ② 也。

① 措大，也作"醋大"，是对士人的称呼，却含有一种轻蔑的意思，犹如后世所说的穷酸、腐儒。语见《新五代史·东汉世家》："旻怒曰：'老措大，毋妄沮吾军。'"

② 三昧，梵文 Samādhi 的音译，也译作"三摩地"、"三摩提"，意思是"止息杂虑"、"心专注于一境"，是佛教重要的修行方法之一。

这篇带有禅宗意味的小品，言吃言睡，都是人生每天所不可缺的。读者当于所言事物的比较之中，自己去体会它的神理。

与李公择

某顿首。知治行窘用①不易。仆行年五十，始知作活。大要是悭尔②，而文以美名，谓之俭素。然吾侪为之则不类俗人，真可谓淡而有味者。又《诗》云："不戢不难，受福不那③。"口体之欲，何穷之有？每加节俭，亦是惜福延寿之道。此似鄙俗，且出之不得已。然自谓长策，不敢独用，故献之左右。住京师尤宜用此策也。一笑！一笑！

① 窘，困难。窘用，意指节省俭用，俗话叫"抠门"。
② 这句是说大略是吝啬罢了。悭，音 qiān。
③ 这两句见《诗经·小雅·桑扈》，意思是：克制而守礼节，就会享受到很多福分。戢，音 jí，收敛。

此种小品，娓娓谈来，如促膝交心，喻理而无说教之感。末句所云，更有弦外之音。

记服绢 ①

医官张君传服绢方，真神仙上药也。然绢本以御寒，今乃以充服食，至寒时当盖稻草席耳。世言著衣吃饭，今乃吃衣著饭耶！

① 绢，一种薄而坚韧、质地优良的丝织品。此处的"服"是饮、吃，犹如说服药。将绢火化为灰而作药饮服，其荒诞可知。

这则小品对庸医害人荒谬之方，于幽默中予以无情揭露与嘲弄。不作咄咄逼人之语，却已入骨三分，可为作者这一语言风格的代表。

僧文荤食名

僧谓酒为"般若^①汤",谓鱼为"水梭花",鸡为"钻篱菜"。竟无所益,但自欺而已,世常笑之。人有为不义而文之以美名者,与此何异哉!俗士自患食肉,欲结卜斋社。长老闻之,欣然曰:"老僧愿与一名。"

① 般若,梵语的音译,意思是智慧、聪明。

借僧文荤食名为喻,对世上为不义而又文以美名者,给予尖刻讥讽。语言辛辣、诙谐,与前篇同。

书李若之事

《晋·方技^①传》有幸灵者,父母使守稻,牛食之,灵见而不驱。牛去，乃理其残乱者。父母怒之。灵曰："物各欲得食，牛方食，奈何驱之？"父母愈怒，曰："即如此，何用理乱者为？"灵曰："此稻又欲得生。"此言有理，灵故有道者也。吕猗母皇得痿痹^②病十余年，灵疗之，去皇数步坐，瞑目寂然。有顷，曰："扶夫人起。"猗曰："老人得病十有余年，岂可仓卒令起耶？"灵曰："但试扶起。"令两人扶起，两人夹扶而立。少顷，去扶者，遂能行。学道养气者至足之余，能以气与人。都下道士李若之能之，谓之"布气^③"。吾中子迨^④，少羸多疾。若之相对坐，为布气。迨闻腹中如初日所照，温温也。若之盖尝遇得道异人于华岳下云。

① 方技，《汉书·艺文志》："方技者，皆生生之具，王官之一守也。"后世把医、卜、星、相诸流，都归入方技。今《晋书》无方技传。
② 痿痹，萎缩、麻木。
③ 练气功的人运气叫布气。
④ 苏轼有四个儿子，苏迨是次子。

这是一篇研究我国气功历史的可贵资料。先述晋人幸灵以气功治病的先例（这是耳闻），再写时人李若之为子治病的实例（这是目睹），说明了气功的疗效。现代进行气功的科学探讨，不知对这篇貌似荒诞的文章，觉得有参考价值否？我们就文论文，则认为是佳篇，故选入。

书孟德①传后

子由书孟德事见寄，余既闻而异之，以为虎畏不惧己者，其理似可信。然世未有见虎而不惧者，则斯言之有无，终无所试之。然曩②余闻忠、万③、云安多虎，有妇人昼日置二小儿沙上，而浣衣于水者。虎自山上驰来，妇人仓皇沉水避之，二小儿戏沙上自若。虎熟视久之，至以首抵触，庶几④其一惧，而儿痴，竟不知怪。虎亦卒去。意⑤虎之食人，必先被之以威，而不惧之人，威无所从施软。有言虎不食醉人，必坐守之以俟其醒。非俟其醒，俟其惧也。有人夜自外归，见有物蹲其门，以为猪狗类也。以杖击之，即逸⑥去。至山下月明处，则虎也。是人非有以胜虎，而气已盖之矣。使人之不惧，皆如婴儿、醉人，与其未及知之时，则虎畏之，无足怪者。故书其末，以信子由之说。

① 三国时魏主曹操，字孟德。他的儿子曹丕即皇帝位，
尊操为魏武帝。

② 曩，音 nǎng，从前。

③ 忠、万，即今重庆忠县、万州区。

④ 庶几，表示希望的副词，含有"但愿"一类的意思。

⑤ 意，猜测、推想。

⑥ 逸，逃走。

此文近于寓言，不涉及孟德事，只扣住"虎畏不惧己者"生发议论，不蔓不枝，自成佳构。

刘、沈认屐

《南史》①：刘凝之②为人认所着屐，即与之。此人后得所失屐，送还，不肯复取。沈麟士③亦为邻人认所着屐，

麟士笑曰："是卿屦耶？"即与之。邻人得所失屦，送还之，麟士曰："非卿屦耶？"笑而受之。此虽小节，然人处世当如麟士，不当如凝之也。

① 《南史》，唐李延寿撰，记南朝宋、齐、梁、陈四代事。《东坡志林》此处作"梁史"，吕叔湘曰："梁书既不当云梁史，又刘凝之见宋书隐逸传，沈麟士见南齐书高逸传，作麟士，二人皆不见于梁书，而皆见于南史，且南齐书不载麟士认履事，惟南史载之，则'梁'为'南'之伪殆无可疑。"今从吕说改。

② 刘凝之，字隐安，湖北枝江人。南朝时的隐士。《南史》载其认履事曰："又尝认其所著屦。笑曰：'卜著已败，今家中觅新者偿君。'此人后田中得所失屦。送还，不肯复取。"

③ 沈麟士，字云祯，浙江吴兴人。亦南朝时隐士，有才学。《南史》载其认履事曰："尝行路，邻人认其所著屦。麟士曰：'是卿屦邪？'即跣而反。邻人得屦，送前者还之。麟士曰：'非卿屦邪？'笑而受之。"

这篇小品对刘、沈认履这一相类事情的比较，品评二人的优劣，与南朝时刘义庆的《世说新语》同一格调。

刘、沈认履的事，虽《南史》上俱载，大约不过是同一件事的不同传说。吕叔湘说："大凡机谋之事，传说纷纭，则往往诸事集于一身，如包龙图、徐文长之比；又或数人共传一事，史传及民间故事亦多有其例也。"

范蜀公呼我卜邻①

范蜀公呼我卜邻许下②。许下多公卿，而我簑衣箬笠③，放荡于东坡之上，岂复能事公卿哉？居人久放浪，不觉有病，忽然持养，百病皆作。如州县久不治，因循苟简，亦曰无事。忽遇能吏，百弊纷然，非数月不能清净也。要且坚忍不退，所谓一劳永逸也。

① 范蜀公，范镇，字景仁，华阳（今四川成都）人。举
  进士第一，知谏院，后为翰林学士，封蜀郡公。他也

是新法的反对者，与苏轼唱和颇多。苏轼作有《范景仁墓志铭》。卜邻，择邻，即找有好邻居的地方定居下来。

②　许下，即今河南许昌市。

③　箬衣箬笠，草制的衣帽，喻普通百姓的服装。箬，音 ruò，一种竹子，叶可编织。

此文表现了作者不肯趋炎的倔强性格，而文笔却又轻松洒脱。

与王庆源 ①

陵州递中辱书及诗，如接风论 ②，忽不知万里之远也。即日履兹秋暑 ③，尊候何似 ④？某此粗遣，虽有江山风物之美，而新法严密，风波险恶，况味殊不佳。退之所谓："居闲食不足，从官力难任。两事皆害性，一生常苦心"，正此谓矣！知叔丈年来颇窘，此事有定分。但只以安健无事多子孙为乐，亦可自遣。何时归休，得相从田里，但言此，心已驰于瑞草桥⑤之西南矣！秋暑，更冀以时珍重。

① 王庆源，字宣义，初名群，字子众。他是苏轼的叔丈人，晚以恩举得官，为洪雅主簿。

② 风论，风仪、谈论。这句是说好像当面交谈一般。

③ 秋暑，立秋之后，尚有一"伏"，炎暑未退，俗称"秋老虎"。

④ 尊候何似，您那里的物候怎样？

⑤ 瑞草桥，在四川眉山。王庆源辞官后居在这里。苏轼有赠诗曰："归来瑞草桥边路，独游还佩平生壶。""我欲西归卜邻舍，隔墙拊掌容歌呼。"

此信约作于元祐（宋哲宗赵煦年号）初年，时苏轼在京师官翰林学士。信中透露了当时政局的动荡及官场风波，反映了作者的矛盾心情。

杭州题名

余十五年前 ①，杖藜芒履，往来南北山 ②。此间鱼鸟皆相识，况诸道人乎？再至惘然，皆晚生相对，但有怆恨。子瞻书。

① 苏轼从熙宁七年离杭州通判任，至元祐四年复任杭州，共十五年。
② 南北山，指杭州的南高峰、北高峰。

从两次来杭的对照之中，感伤故友的消逝，也含有对仕途艰辛的感叹。

黄州忆王子立 [1]

　　仆在徐州，王子立、子敏 [2] 皆馆于官舍 [3]，而蜀人张师厚 [4] 来过。二王方年少，吹洞箫，饮酒杏花下 [5]。明年，余谪黄州，对月独饮，尝有诗云："去年花落在徐州，对月酹歌美清夜。今日黄州见花发，小院闭门风露下。"盖忆与二王饮时也。张师厚久已死，今年子立复为古人 [6]，哀哉！

[1]　王子立，名适，赵郡临城人。苏轼《王子立墓志铭》云："始予为徐州，子立为州学生，知其贤而有文，喜怒不见，得丧若一，曰：'是有类子由者。'故以其子妻之。"

[2]　子敏，王子立的弟弟，名遹。

[3]　当时各州均设官学，子立、子敏都是官学学生。

[4]　张师厚，失考。作者曾有《送蜀人张师厚赴殿试二首》。

[5]　作者当时作有《月夜与客饮杏花下》诗，中有："杏花飞帘散余春，明月入户寻幽人。褰衣步月踏花影，

炯如流水涵青蓣"的动人诗句。是诗作于元丰二年二月。

⑥ 今年，据《王子立墓志铭》："元祐四年冬，自京师将适济南。未至，卒于奉高之传舍，盖十月二十五日也。"今年当指是年。

这是一篇悼念文字，只将两件小事轻轻拈出，沉痛之情，已溢于言外。

记先夫人 ① 不残鸟雀

少时所居书堂前，有竹柏杂花，丛生满庭，众鸟巢其上。武阳君恶杀生，儿童婢仆皆不得捕取鸟雀。数年间，皆巢于低枝，其鷇可俯而窥。又有桐花凤 ②，四五日翔集其间。此鸟羽毛至为珍异难见，而能驯扰，殊不畏人。闾里 ③ 间见之，以为异事。此无他，不忮 ④ 之诚信于异类也。有野老言：鸟雀巢去人太远，则其子有蛇、鼠、狐狸、鸱鸢 ⑤ 之忧，人既不杀，则自近人者，欲免此患也。由是观之，异时鸟雀巢不敢近人者，以人为甚于蛇鼠之类也。苛政猛于虎，信哉。

① 先夫人，母亲。苏轼母程氏，封武阳君。

② 桐花凤，鸟名。李德裕《画桐花凤扇赋序》："成都夹岷江，矶岸多植紫桐。每至春暮，有灵禽五色，小于玄鸟，来集桐花，以饮朝露。"

③ 闾里，民间或乡里的通称。闾，音 lú。

④ 忮，音 zhì，害的意思。《诗经·大雅·瞻卬》："鞫人忮忒。"

⑤ 鸱鸢，音 chī yuān，都是鹰类的猛禽。

不残鸟雀之事，似微不足道；至多可谓心地善良。然作者委婉叙来，却于篇末翻出"苛政猛于虎"的主旨，堪称善于引事，小中见大，令人叹绝。作者《异鹊》一诗，立意、手法均与此文相类；故录于后，以备参读：

昔我先君子，仁孝行于家。家有五亩园，幺凤集桐花。是时乌与鹊，巢彀可俯拏。忆我与诸儿，饲食观群呀。里人惊瑞异，野老笑而嗟，云此方乳哺，甚畏鸢与蛇。手足之所及，二物不敢加。主人若可信，众鸟不我遐。故知中孚化，可及鱼与鰕。柯侯古循吏，悃愊真无华。临漳所全活，数等江干沙。仁心格异族，两鹊栖其衙。但恨不能言，相对空楂楂。善恶以类应，古语良非夸。君看彼酷吏，所至号鬼车。

记六一^①语

顷岁，孙莘老识欧阳文忠公，尝乘间^②以文字问之。云："无它术，唯勤读书而多为之，自工。世人患作文字少，又懒读书，每一篇出，即求过人。如此，少有至者。疵病^③不必待人指摘，多作自能见之。"此公以其尝试者告人，故尤有味。

① 欧阳修，字永叔，晚号六一居士，江西永丰人，谥号"文忠"。他是苏轼应试时的座师，是当时朝廷重臣，又是诗文革新运动的领袖；苏轼就最早受知于他。
② 乘间，乘机。间，读 jiàn。
③ 疵病，毛病、缺点。

对他人的经验，随时关心记录，自己学习，也供后人借鉴；从中可窥见作者的治学态度与方法。

记与欧公语

欧阳文忠公尝言：有患疾者，医问其得疾之由，曰："乘船遇风，惊而得之。"医取多年柂牙^①，为柂工手汗所渍处，刮末，杂丹砂、茯神之流，饮之而愈。今《本草注·别药性论》云："止汗用麻黄根节及故竹扇，为末服之。"文忠因言："医以意用药，多此比。初似儿戏，然或有验，殆未易致诘^②也。"予因谓公："以笔墨烧灰饮学者，当治昏惰耶？推此而广之，则饮伯夷^③之盥水，可以疗贪；食比干^④之馂^⑤余，可以已佞；舐樊哙^⑥之盾，可以治怯；嗅西子^⑦之珥^⑧，可以疗恶疾矣！"公遂大笑。元祐六年^⑨闰八月十七日，舟行入颍州^⑩界。坐念二十年前见文忠公于此，偶记一时谈笑之语，聊复识^⑪之。

① 柁牙，舵的把手处。

② 致诘，盘问根底。

③ 伯夷，商末孤竹君之子，名元（或作允），夷是谥号。他与其弟叔齐互让其国。武王伐商，他兄弟二人去劝阻。武王不从，他们便逃到首阳山，采薇而食，以致饿死。后世学者常奉之为圣贤。

④ 比干，商纣王之诸父，因劝告纣王不要淫乱残暴，而被纣杀死。

⑤ 馂，音 jùn，吃剩下的食物。

⑥ 樊哙，楚汉相争时，曾在"鸿门宴"上保护刘邦的猛士。

⑦ 西子，即西施，春秋时越国的美女。

⑧ 珥，音 ěr，珠玉制的耳饰。

⑨ 元祐六年，公元1091年。各本作"三年"，误。吕叔湘《笔记文选读》对此考证颇详，曰："案元祐三年闰十二月，六年乃闰八月；三年东坡在翰林，六年乃出守颍；又欧公致仕归颍在熙宁四年七月，东坡是年除通判杭州，过颍可以相见，自此下计二十年，适为元祐六年也。"今从吕说改。

⑩ 颍州，今安徽阜阳市。

⑪ 识，记。此处读 zhì。

虽是偶记一时谈笑之语，却情趣横生，于思及往事中，寄托着对师门的怀恋。

以乐害民

扬州芍药为天下冠。蔡延庆为守①，始作万花会，用花十余万枝。既残诸园，又吏因缘为奸②，民大病之。予始至③，问民疾苦，遂首罢之。万花会，本洛阳故事④，而人效之，以一笑乐为穷民之害。意洛阳之会，亦必为民害也，会当有罢者。钱惟演⑤为洛守，始置驿贡花，识者鄙之⑥。此宫妾爱君之意也。蔡君谟⑦始加法造小团茶贡之。富彦国曰⑧："君谟乃为此耶？"

① 蔡延庆，字仲远，宋神宗时官至龙图阁学士。为守，做扬州太守。

② 因缘为奸，因举办万花会的缘故做一些图利害民的事。

③ 予始至，指元祐七年（公元1092年）苏轼出任扬州太守。

④ 洛阳故事，指洛阳盛产牡丹，最早兴起万花会。故事，旧事。

⑤ 钱惟演，字希圣，宋仁宗时官拜枢密使。

⑥ 识者，有见识的人。鄙，轻视，看不起。

⑦ 蔡君谟，蔡襄，字君谟，宋英宗时任端明殿学士，长期做地方官，颇有政绩；他是书法大家，深受苏轼敬重。

⑧ 富彦国，富弼，字彦国，宋仁宗时宰相。

《仇池笔记》题作《万花会》。

"此宫妾爱君之意也"是全文枢纽。万花会无非是为"一笑乐"，借机讨好上司以至皇帝，却不惜祸害百姓。作者态度鲜明，刚到任所便"首罢之"，对前任蔡延庆及始作俑者钱惟演语含讽刺，心存鄙之。蔡襄是苏轼的好友，但对贡小团茶事，仍借富弼的话表示叹惜，而情感与对前者有别，可见为文的分寸感。

乐苦说

乐事可慕，苦事可畏，此是未至时心耳。及苦乐既至，以身履之①，求畏慕者初不可得。况既过之后，复有何物比之？寻声捕影，系风趁梦②，此四者犹有仿佛也。如此推究，不免是病③。且以此病对治彼病，彼此相磨，安得乐处。当以至理语君④，今则不可。元祐三年八月五日书。

① 履之，经历过。

② 系风趁梦，拴住风，捉住梦。

③ 病，指心结，对苦乐之事总放在心上，不能释怀。

④ 据《苏轼年谱》，同日苏轼、苏辙兄弟与秦观同游相国寺，"时观被召来京师"。"君"可能是指秦观。

苏轼经历过宦海浮沉，大起大落，看淡了苦乐之事，也就无所谓畏慕。似有意提醒秦观，不要纠结被召来京一事是好是坏，既来之则安之。

书苏子美金鱼诗

旧读苏子美《六和寺》诗云："松桥待金鱼，竟日独迟留。"初不喻此语。及倅^①钱塘，乃知寺后池中有此鱼如金色也。昨日复游池上，投饼饵^②，久之，乃略出，不食，复入，不可复见。自子美作诗，至今四十余年。子美已有"迟留"之语，苟非难进易退而不妄食，安能如此寿耶！

① 倅，音 cuì，副职。
② 饼饵，以饼作诱饵。

读万卷书，行万里路，尚须两相结合，互为表里，互相发明。此为一例。

煮鱼法

　　子瞻在黄州，好自煮鱼。其法：以鲜鲫鱼或鲤治斫，冷水下^①，入盐如常法，以菘菜心芼之^②，仍入浑^③葱白数茎，不得搅。半熟，入生姜、萝卜汁及酒各少许，三物相等，调匀乃下。临熟，入橘皮线，乃食之。其珍食者自知，不尽谈也。

　　① 指把鱼收拾好后凉水下锅。斫，音 zhuó，砍削。
　　② 菘菜，即白菜。芼，音 mào，本意采摘，此处似指遮盖。
　　③ 浑，整个。

　　苏轼是美食家，并亲自掌厨。至今以"东坡"命名的菜谱甚多，若以此文所述煮制，当有"东坡鱼"一款面世矣。

别石塔①

石塔别东坡。予云："经过草草，恨不一见石塔。"塔
起立，云："遮著是砖浮图③耶？"予云："有缝塔。"塔云：
"若无缝，何以容世间蝼蚁？"予首肯③之。元丰八年八月
二十七日。

① 石塔寺，在扬州，传即惠昭寺，苏轼有"石塔还逢惠照
　师"语。元祐七年，作者知扬州，三月到任，九月离任。
② 浮图，这里指佛塔。
③ 首肯，点头表示赞同。

这篇小品很别致，全用人与石塔对话，如寓言。语言跳
跃，意思不大好懂。着意之笔是："若无缝，何以容世间蝼
蚁？"寓有讥刺。这里隐用着有关石塔寺里的一段往事：唐
代王播随父流寓扬州，父死，他便寄食于惠昭寺，终日无所

事事，唯听到钟声即上堂吃饭。日久，寺僧恶之，便于饭后才去敲钟，使王播扑了一次空，没吃着饭。后王播做了官，为淮南节度使，重游惠昭寺，于壁上写诗发泄怨气。苏轼有《石塔寺》诗，对王播只记人家一点坏处，忘记人家许多好处的行为品质，深为不满。此文中的"蝼蚁"亦当指那些以新显傲故交的，如王播者流。

砚铭

或问居士①："吾当往端溪②，可为公购砚。"居士曰："吾两手，其一解写字，而有三砚，何以多为？"曰："以备损坏。"居士曰："吾手或先砚坏。"曰："真手不坏。"居士曰："真砚不坏。"

① 这里的居士是作者自指。
② 端溪，在今广东肇庆市，所产端砚在唐时已有名，宋代更普遍重视。

这篇小品也是全用对话形式，机锋相对，意味深沉，有如散文化的偈语。作者受禅宗的影响很深，这也反映在他的一部分文章中。

日喻

生而眇者 ① 不识日，问之有目者。或告之曰："日之状如铜盘。"叩盘而得其声，他日闻钟，以为日也。或告之曰："日之光如烛。"扪烛而得其形，他日揣籥 ②，以为日也。日之与钟、籥亦远矣，而眇者不知其异，以其未尝见而求之人也。道之难见也甚于日，而人之未达也，无以异于眇。达者告之，虽有巧譬善导，亦无以过于盘与烛也。自盘而之钟，自烛而之籥，转而相之，岂有既 ③ 乎？故世之言道者，或即其所见而名之，或莫之见而意之，皆求道之过也。然则道卒不可求欤？苏子曰："道可致 ④ 而不可求。"何谓致？孙武 ⑤ 曰："善战者致人 ⑥，不致于人。"子夏 ⑦ 曰："百工居肆 ⑧ 以成其事，君子学以致其道。"莫之求而自至，斯以为致也欤！南方多没人 ⑨，日与水居也，七岁而能涉，十岁而能浮，十五而能浮没矣。夫没者岂苟然^⑩哉？必将有得于水之道者。日与水居，则十五而得其道。生不识水，则虽壮，见舟而畏之。故北方之勇者，问于没人，而求其所以没，以其言试之河，未有不溺者也。故凡不学而务求道，皆北方之学没者也。昔者以声律^⑪取士，士杂学而不志于道；今者以经术^⑫取士，士求道而不务学。渤海^⑬吴君彦律，有志于学者也，方求举于礼部，作《日喻》以告之。

① 眇者，本指一目失明，这里则指先天性双目失明的人。
② 籥，音 yuè，一种管状乐器，形如笛。
③ 既，止，完。
④ 致，达到。
⑤ 孙武，春秋时齐国人，善战，为我国历史上著名军事家，著有《孙子兵法》十三篇。
⑥ 致人，导致别人受困。
⑦ 子夏，孔子的弟子。
⑧ 肆，作坊、工场。
⑨ 没人，能潜泳的人。
⑩ 苟然，这里是随随便便就能这样的意思。

⑪ 声律，指作诗写赋。唐朝以诗赋取士。

⑫ 经术，对经典著述的探求，主要指治国治民的办法。王安石变法后，改用经术取士。

⑬ 渤海，今山东无棣县城北。

这是一篇很有名的小品，其中"盲人识日"和"北人学没"的寓言故事尤被人称道，有趣味，也富有教育意义。但有些人对全文的中心论点，即"道可致而不可求"，却多所非难。其实，作者这里所强调的是个实践问题，要通过"学"，通过人们自己的感受，才能认识事物，"以致其道"。所谓"不可求"，只是说不能强加于人，哪怕是正确的"道"，是真理。

书刘庭式事

予昔为密州①，殿中丞刘庭式为通判②。庭式，齐人也③。而子由为齐州掌书记④，得其乡闾⑤之言以告予，曰："庭式通礼学究⑥。未及第时，议娶其乡人之女，既约而未纳币也⑦。庭式及第，其女以疾，两目皆盲。女家躬耕⑧，贫甚，不敢复言。或劝纳其幼女。庭式笑曰：'吾心已许之矣。虽盲，岂负吾初心哉！'卒娶盲女，与之偕老。"

盲女死于密，庭式丧之，逾年而哀不衰，不肯复娶。予偶问之："哀生于爱，爱生于色。子娶盲女，与之偕老，义也。爱从何生，哀从何出乎？"庭式曰："吾知丧吾妻而已，有目亦吾妻也，无目亦吾妻也。吾若缘色而生爱，缘爱而生哀，色衰爱弛，吾哀亦忘。则凡扬袂倚市⑨，目挑而心招者，皆可以为妻也耶？"予深感其言，曰："子功名富贵人也。"或笑予言之过⑩，予曰："不然，昔羊叔子娶夏侯霸女⑪，霸叛入蜀，亲友皆告绝，而叔子独安其室，恩礼有加焉。君子是以知叔子之贵也，其后卒为晋元臣⑫。今庭式亦庶几焉⑬，若不贵，必且得道⑭。"时坐客皆怃然⑮不信也。

昨日有人自庐山来，云："庭式今在山中，监太平观⑯，面目奕奕有紫光，步上下峻坂⑰，往复六十里如飞，绝粒不食，已数年矣。此岂无得而然哉！"闻之喜甚，自以吾言之不妄也，乃书以寄密人赵杲卿。杲卿与庭式善，且皆尝闻余言者。

庭式，字得之，今为朝请郎⑱。杲卿，字明叔，乡贡进士，亦有行义。元丰六年七月十五日，东坡居士书。

① 为密州，指熙宁八年（公元 1075 年）苏轼任密州太守。密州，今山东诸城市。

② 殿中丞，属殿中省，实为一种官阶的称号。通判，州府长官的副手。

③ 齐人，此指齐州人氏。齐州，今山东济南。

④ 掌书记，掌管文字工作的官员。

⑤ 乡闾，乡里。闾，音 lú。

⑥ 通礼学究，通晓礼仪的儒生。

⑦ 纳币，也称纳礼、纳聘，结婚前男方把聘礼送到女方家中。

⑧ 躬耕，亲身耕种田地，即农民。

⑨ 扬袂倚市，在市井招揽顾客。袂，音 mèi，衣袖。

⑩ 过，过分，言过其实。

⑪ 羊叔子，三国时魏国人，名祜。娶魏将夏侯霸之女为妻。夏侯霸降蜀，受人耻斥，羊叔子益礼遇其妻，后成西晋开国功臣，任尚书右仆射。

⑫ 元臣，开国功臣。

⑬ 庶几焉，相近，差不多。

⑭ 得道，指修行得到好结果，成仙成佛。

⑮ 怃然，失意的样子。

⑯ 监太平观，宋代一些有声望的官员年老退休后，可以
授予一种闲散的监察职务，领取俸禄以养老。道教的
场所称为"观"，音 guàn。太平观在庐山。

⑰ 峻坂，高的陡坡。

⑱ 朝请郎是个没有职务的虚衔。

刘庭式对妻子，无论是贫穷躬耕，还是疾病目盲，既已
"心许"，便矢志不渝。这种爱情观在那个时代是超前的，
少见的，更是真实的。作者显然受到身边这位同僚好友的事
迹感动了，要写出来加以表彰和宣扬。叙事平实，由远及
近，勾连紧密，以对话阐发不同观点，在交锋中辨析事理，
很有说服力。

楚颂帖

吾来阳羡①，船入荆溪②，意思豁然，如惬平生之欲。
逝将归老，殆是前缘。王逸少云："我卒当以乐死。"殆非虚

言。吾性好种植，能手自接果木③，尤好栽橘。阳羡在洞庭上，柑橘栽至易得。暇当买一小园，种柑橘三百本。屈原作《橘颂》，吾园若成，当作一亭，名之曰楚颂。元丰七年④十月二日书。

① 阳羡，今江苏宜兴市。

② 荆溪，经溧阳穿过宜兴流入太湖。

③ 言能亲手嫁接果树。

④ 元丰七年，公元 1084 年。

元丰七年三月，苏轼受命移汝州（今河南临汝）团练副使。但他不愿北上，一路迟延，乞居常州。阳羡属常州管辖，遂欲在阳羡购置田亩，作晚年归老之所。

与乡人

　　某去乡十八年^①，老人半去，后生皆不识面，坟墓手种木已径尺矣，此心岂尝一日忘归哉！久放山泽^②，乍入朝市^③，张皇失次，触目非所好也。但久与子由别，乍得一处，不无喜幸。然此郎君乃作谏官^④，岂敢望久留者。相知之深，故详及一二。

① 作者最后一次离开故乡，时在熙宁元年（公元1068年）归父葬后。

② 指长期外放地方官职。

③ 元丰八年（公元1085年）苏轼自登州还朝，就礼部郎中任。此时距去乡十八年。

④ 苏辙此时任右司谏。

　　此信表述宦海浮沉的心情，忧乐叠加，悲喜交错，起起伏伏，极为恳切细腻。

《秧马歌》序

过庐陵①，见宣德郎致仕曾君安止②。出所作《禾谱》，文既温雅，事亦详实。惜其有所缺，不谱农器也。予昔游武昌，见农夫皆骑"秧马"。以榆枣为腹，欲其滑；以楸桐为背，欲其轻。腹如小舟，昂其首尾；背如覆瓦，以便两髀③。雀跃④于泥中，系束藁其首以缚秧⑤，日行千畦，较之伛偻⑥而作者，劳佚相绝⑦。《史记》："禹乘四载，泥行乘橇⑧。"解者曰："橇形如箕，擿行泥上。⑨"岂秧马之类乎？作《秧马歌》一首附于《禾谱》之末云。

① 庐陵，今江西吉安市。
② 宣德郎，官职名。致仕，辞官，退休。曾安止，字移忠。
③ 髀，音 bì，大腿。这句是说便于两腿骑坐。
④ 雀跃，像鸟雀跳跃一般，非常欢乐的意思。

⑤ 这句意思是说："秧马"前头系有草（作绳用）捆着的秧苗。

⑥ 伛偻，音 yǔ lǚ，腰背弯曲，此指弯着腰。

⑦ 佚，通"逸"，安闲的意思。相绝：区别很大，很不相同。

⑧《史记·夏本纪》："禹伤先人父鲧功之不成受诛，乃劳身焦思，居外十三年，过家门不敢入。薄衣食，致孝于鬼神。卑宫室，致费于沟淢。陆行乘车，水行乘舟，泥行乘橇，山行乘檋。左准绳，右规矩，载四时。"所谓"禹乘四载"，是概指"陆行乘车，水行乘舟，泥行乘橇，山行乘檋"四事而言。

⑨ 解者，解释的人。南朝时人裴骃，曾广泛引证前人的著述，为《史记》作"集解"一百三十卷。下面两句，是解释"泥行乘橇"时裴骃所引孟康的话。摛，音 tī，拨动、划动的意思。

北宋王朝在统一了中国，结束了五代割据的同时，也吸收了后周、南唐、吴越等的经验，鼓励垦荒，扩大耕地，发明并推广使用新农具"踏犁"以代替耕牛，也在南方创造使用了这种新式插秧农具"秧马"，从而进一步促进了农业的发展。苏轼一向关注农业生产，在这篇序文中对"秧马"的形状、制造、操作、功效，都作了生动的、艺术的记述。语言清新明丽，笔笔欲活，确系一篇妙文。

附：秧马歌

春云濛濛雨凄凄，春秧欲老翠剡齐。嗟我妇子行水泥，朝分一垄暮千畦。腰如箜篌首啄鸡，筋烦骨殆声酸嘶。我有桐马手自提，头尻轩昂腹胁低。背如覆瓦去角圭，以我两足为四蹄。耸踊滑汰如凫鹥，纤纤束藁亦可赍。何用繁缨与月题，朅从畦东走畦西。山城欲闭闻鼓鼙，忽作的卢跃檀溪。归来挂壁从高栖，了无刍秣饥不啼。少壮骑汝逮老罴，何曾蹶轶防颠隮。锦鞯公子朝金闺，笑我一生蹋牛犁，不知自有木驉骦。

文是好文，诗亦是好诗。两相参读，可以互为补充，互相发明，又可探知诗文的分野。昔陈迩冬《苏轼诗选》未录此诗，故赘于此，以飨读者。

又，据查慎行注引周益公题跋，这篇序与诗是苏东坡五十九岁南迁，途经庐陵所作。他到岭南后，常常书写这篇作品，分赠友人，"殆是得意之作"。

书卢仝^①诗

卢仝诗云："何时得去禁酒国。"吾今谪岭南，万户酒家有一婢，昔尝为酒肆^②，颇能伺候冷暖。自今当不乏酒，可以日饮无何，其去禁酒国矣！

① 卢仝，晚唐诗人，诗风险僻，属于"韩孟"诗派。
② 酒肆，酒店、酒家。

此文与前篇《游松风亭》取材、议论虽不同，却都表现了一种随遇而安的心境。

与参寥子一七

某启：专人远来，辱手书并示近诗，如获一笑之乐，数日慰喜忘味也。某到贬所半年，凡百粗遣，更不能细说。大略只似灵隐、天竺①和尚退院后，却住一个小村院子，折足铛②中，罨③糙米饭便吃，便过一生也得。其余，瘴疠病人。北方何尝不病？是病皆死得人，何必瘴气！但苦无医药。京师国医手里，死汉尤多。参寥闻此一笑，当不复忧我也。故人相知者，即以此语之，余人不足与道也。未会合间，千万为道自爱。

① 灵隐、天竺，均是杭州著名寺院。
② 折足铛，等于说瘸腿锅。铛，音 chēng，烙饼用的平底锅。在此借指锅。
③ 罨，音 yǎn，本义为捕鱼或捕鸟的网。这里作动词，掩覆。

这封答书很见作者的笔力，所表达的感情可说是千头万绪：是安慰友人，也是自慰；幽默、乐观，背后又有隐痛。"国医手里，死汉尤多"句，更见其牢骚和愤懑。苏轼认为，瘴并不足惧，真正可怕的是时政的弊病。这正与他的前辈梅挚所作《五瘴说》的观点相一致。梅挚的《五瘴说》是景祐（宋仁宗年号）初年，他以殿中丞出知广西昭州时所作，兹录于后，以供参阅：

仕有五瘴：急征暴敛，剥下奉上，此租赋之瘴也；深文以逞，良恶不白，此刑狱之瘴也；昏晨醉宴，弛废王事，此饮食之瘴也；侵牟民利，以实私储，此货财之瘴也；盛拣姬妾，以娱声色，此帷薄之瘴也。有一于此，民怨神怒，安者必病，病者必陨，虽在毂下，亦不可免，何但远方而已！仕者或不自知，乃归咎于土瘴，不亦缪乎？

按：南宋朱晞颜于绍熙（宋光宗年号）元年（公元1190年）曾将梅挚《五瘴说》书刻于桂林龙隐洞，并有跋文，文长不录。

众狗不悦

　　惠州市井寥落，然犹日杀一羊，不敢与仕者^①争买，时嘱屠者买其脊骨耳。骨间亦有微肉，熟煮热漉^②出，不乘热出，则抱水^③不干。渍酒中，占薄盐，炙微燋食之。终日抉剔，得铢两于肯綮之间^④，意甚喜之，如食蟹螯。率数日辄一食，甚觉有补。子由三年食堂庖，所食刍豢^⑤，没齿^⑥而不得骨，岂复知此味乎？戏书此纸遗之，虽戏语，实可施用也。然此说行，则众狗不悦矣。

① 仕者，做官有权势的人。

② 漉，音 lù，过漏。

③ 抱水，即含有水分。

④ 铢两，极言量少，一铢为一两的二十四分之一。肯綮，筋骨结合处。綮，音 qìng。

⑤ 刍豢，泛指家畜。刍，音 chú，吃草的牲畜。豢，音

huàn，食谷的牲畜。

⑥ 没齿，埋没了牙齿；此指口中肉多。

《苏轼文集》录在《与子由弟》中，《重编苏东坡先生外集》题作《食羊骨脊说》，有选家则以文之末句《众狗不悦》为题，似更切主旨，故采之。苏东坡是"不以患难流落为戚者"，在惠州有排挤他的人，在朝中更有欲置他于死地者，日后再贬海南便见实情。而苏轼偏要依然故我，偏要活得怡然自在，也就难怪反对他的人不自在了。"众狗不悦"，当有所指。

自述

嗟呼，渊明不肯为五斗米一束带见乡里小儿①。而子瞻出仕三十余年，为狱吏所折困，终不能悛②，以陷大难，乃欲以桑榆③之末景，自托于渊明，其谁肯信之？虽然，子瞻之仕，其出处进退，犹可考也，后之君子，其必有以处之矣。孔子曰："述而不作，信而好古，窃比于我老彭④。"孟子曰："曾子、子思同道⑤。"区区之迹，盖未足以论士也。

① 一束带，将身上衣服穿戴整齐。乡里小儿，对巡视官吏的蔑称。

② 悛，音 quān，悔改。

③ 桑榆，指日落处，比喻晚暮。

④ 老彭，有多种解说，一般认为是孔子的好友，也有人认为就是远古传说长寿的彭祖。

⑤ 曾子名参，孔子的学生。子思是孔子的孙子，又是曾子的学生，故称"同道"。

陶渊明见到官场的昏暗，毅然弃官归居园田，不肯为五斗米折腰的故事，一直为人所称道。苏轼的仕途经历自与陶渊明不同，他所要"自述"的是，"出处进退"始终向往着一种自由自在的生活，所谓"自托于渊明"，实为精神上的寄托。他晚年写有大量"和陶诗"，即是这种寄托的表现。

题陶靖节 ①《归去来辞》后

　　予久有陶彭泽赋《归去来辞》之愿而未能。兹复有岭南之命，料此生难遂素志。舟中无事，倚原韵，用鲁公 ② 书法，为此长卷，不过暂舒胸中结滞，敢云与古人并驾寰区 ③ 也耶！东坡居士轼并识。

　① 陶靖节，即东晋大诗人陶渊明，又名潜，字元亮，私谥靖节，故称。曾任彭泽令，所也称陶彭泽，或陶令。

　② 鲁公，即唐代大书法家颜真卿，字清臣，开元进士，因功封鲁郡公，人称颜鲁公。

　③ 寰区，天下。

　　苏轼"乌台诗案"之后至乞居常州，便有购田阳羡归隐之想，时四十九岁。继被起用，不料十年后更被远谪英州，未至再贬惠州。这种打击更增加了他对陶渊明的钦慕，借以抒发"胸中结滞"，出世思想渐占上风。

题渊明《饮酒》诗后

　　"采菊东篱下，悠然见南山。"因采菊而见山，境与意会，此句最有妙处。近岁俗本皆作"望南山"，则此一篇神气都索然矣。古人用意深微，而俗士率然妄以意改，此最可疾^①。近见新开韩、柳集，多所刊定^②，失真者多矣。

　　① 疾，令人痛恨的毛病。
　　② 指新近刊刻面世的韩愈、柳宗元的诗文集。

　　这段文字常为后人引用，不要妄改作者原有的文字，是苏轼留给后人宝贵的经验之谈，同时可见苏轼对他人作品极高的鉴赏能力。

记道人戏语

　　绍圣二年五月九日，都下有道人坐相国寺卖诸禁方①。缄题其一曰："卖赌钱不输方。"少年有博者，以千金得之。归，发现其方，曰："但止乞头②。"道人亦善鬻术矣，戏语得千金，然亦未尝敢欺少年也。

① 禁方，秘方。
② 乞头，又叫"抽头"，本指召集赌博的人从博资内抽取的盈利，这里指赌博的召集人。

这是一则笑话，不仅调侃赌徒，且有广泛的教育意义。

二红饭

　　今年东坡收大麦二十余石，卖之价甚贱。而粳米^①适尽，乃课^②奴婢舂以为饭。嚼之，啧啧有声，小儿女相调，云是"嚼虱子"。日中饥，用浆水淘食之，自然甘酸浮滑，有西北村落气味。今日复令庖人杂小豆作饭，尤有味。老妻大笑曰："此新样二红饭也!"

　　① 粳米，粳稻碾成的米。粳，音 jīng，稻的一种，粒短而粗。
　　② 课，教、督的意思。

　　将生活琐事，写得情趣盎然，儿女相调语，尤为动人。明归有光《寒花葬志》等名篇，即深受苏轼这类作品的影响。

记惠州土芋

岷山之下，凶年^①以蹲鸱^②为粮，不复疫疠^③，知此物之宜人也。《本草》^④谓芋为"土芝"，云："益气充饥。"惠州富此物，然人食者不免瘴^⑤。吴远游^⑥曰："此非芋之罪也。芋当去皮，湿纸包，煨之火，过熟，乃热啖^⑦之，则松而腻，乃能益气充饥。今惠人皆和皮水煮，冷啖，坚顽少味，其发瘴固宜。"丙子^⑧除夜前两日，夜饥甚，远游煨芋两枚见啖，甚美，乃书此帖。

① 凶年，灾年。
② 蹲鸱，大芋头。《史记·货殖列传》："吾闻汶山之下沃野，下有蹲鸱。"正义："蹲鸱，芋也……《华阳国志》云汶山郡都安县有大芋如蹲鸱也。"
③ 疫疠，疾病。
④ 《本草》，"本草"之名，汉初即有。成书约在东汉，

以后历朝几乎都有增订。

⑤ 瘴,南方山林间一种有毒的湿气。这里泛指传染性疾病。

⑥ 吴远游,即吴子野,见《答吴子野》注①。因吴子野所居室名"远游庵",友人遂以"远游"为号称之。苏轼曾为之作《远游庵铭》。

⑦ 啖,音 dàn,吃或给人吃。

⑧ 丙子,指绍圣三年,公元 1096 年。

苏轼很注意各地的饮食,并有很多记述。这类小品,如叙家常,亲切、自然,充满着生活气息。

吴远游食芋之法,至今尚存。然连皮煨熟、去皮后食之者,尤为常见。

荔枝龙眼说

闽越①人高荔子而下龙眼。吾为评之:荔子如食蝤蛑②大蟹,斫雪③流膏,一啖可饱;龙眼如食彭越④石蟹,嚼啮久之,了无所得。然酒阑口爽,餍饱之余,则咂啄之味,石蟹有时胜蝤蛑也。戏书此纸，为饮流^⑤一笑。

全篇用比，说明物之优劣，固在其质；然亦须看其所用。虽系一篇戏作，却富哲理。

记岭南竹

岭南人当有愧于竹。食者竹笋，庇^①者竹瓦，载者竹筏，爨^②者竹薪，衣者竹皮，书者竹纸，履者竹鞋。真可谓一日不可无此君耶！

① 庇，护，遮挡。这里指居处。

② 爨，音 cuàn，烧火做饭。

连用一组排比，写尽竹在南方居民生活中的重要地位。作者非常爱竹，尝云："可使食无肉，不可使居无竹。"

付过

砚细而不退墨，纸滑而字易燥，皆尤物 ① 也。吾平生无嗜好，独好佳笔墨。既得罪谪海南，凡养生具 ② 十无八九，佳纸墨行且尽，至用此等，将何以自娱？为之慨然。书付子过。

① 尤物，特异的东西，此指佳品。

② 养生具，指生活上必需的东西。

作者轻名利而重志趣，作为一位大书法家，还有比失去佳纸笔更痛苦的吗？从此文中可窥见作者的性情与爱好、感慨和抑郁。

与王敏仲①（二则）

某启：罗浮山②道士邓守安，字道立，山野拙讷③，然道行过人，广、惠间敬爱之。好为勤身济物④之事。尝与某言：广州一城人，好⑤饮咸苦水，春夏疾疫时，所损多矣！惟官员及有力者⑥，得饮刘王山井水，贫丁何由得？惟蒲涧山有滴水岩，水所从来高，可引入城，盖二十里以下尔。若于岩下作大石槽，以五管大竹，续处⑦以麻缠之，漆涂之。随地高下，直入城中。又为一大石槽以受之。又以五管分引，散流城中，为小石槽，以便汲者。不过用大竹万余竿，及二十里间，用葵茅苫盖，大约不过费数百千可成。然须于循州⑧置少良田，令岁可得租课⑨五七千者，令岁买大筋竹万竿，作筏下广州，以备不住抽换。又须于广州城中置少房钱，可以日掠二百，以备抽换之费。专差兵匠数人，巡觑^⑩修葺，则一城贫富，同饮甘凉，其利便不在言也。自有广州以来，以此为患，若人户知有此作，其欣愿可知。喜舍之心，料非复塔庙之比矣！然非道士至诚不欺，精力勤干，不能成也。敏仲见访及物之事，敢以此献，兼乞裁度^⑪。如可作，告差人特折简^⑫招之，可详陈也。此人洁廉，修身苦行，直望仙尔，世间贪爱，无丝毫也，可以无疑。从来帅漕^⑬诸公，亦多请与语，某喜公济物之事，故密以告。可否更在熟筹，慎勿令人知出于不肖也。

① 王敏仲，名古，莘县人。进士出身，有才名。苏轼写此信时，王古方任广州太守。

② 罗浮山，在广东惠州市的西北，广州市的东北。

③ 拙讷，质朴，诚实。讷，音 nè，语言迟钝。

④ 济物，利用、改变事物。

⑤ 好，此处作只好、只得讲。

⑥ 有力者，有权势的人。

⑦ 续处，连接的地方。

⑧ 循州，今广东龙川县西南。

⑨ 租课，租税。

⑩ 巡觑，巡视，察看。觑，音 qù，看。

⑪ 裁度，裁决，拿主意。

⑫ 折简，修书，写信。

⑬ 帅漕，帅司和漕司。帅司是掌管一路兵民之事的安抚
    司，由朝臣充任。漕司是掌管漕运的转运司。

又

闻遂作管引蒲涧水，甚善。每竿上须钻一小眼，如菉豆
大，以小竹针窒①之，以验通塞。道远日久，无不塞之理。
若无以验之，则一竿之塞，辄累百竿矣。仍愿公擘画②少钱，
令岁入五千余竿竹，不住抽换，永不废。僭言③，必不讶也。

① 窒，堵住，封闭。

② 擘画，计划，布置。擘，音 bò。

③ 僭言，超越本职的话。僭，音 jiàn。

以上两封信谈的是同一件事，即如何解决城市居民的用水问题。这可称是我国最早的"自来水"工程，是一份宝贵的资料。作者很关心人民群众的生活，在杭州任上疏浚西湖，至今留下"苏堤"胜迹，为人传颂。而这次为广州筹建的引水工程，却很少为人所知。从第二封信看，这一工程无疑是实施了。作者对这次工程，从设计、修建，到使用、维修，以及资金筹集，经营管理，都考虑得极为详尽、周密。在文字说明上，也极生动具体，条理井然。

撷^①菜

吾借王参军地，种菜不及半亩，而吾与过子终年饱菜。夜半饮醉，无以解酒，辄撷菜煮之。味含土膏，气饱风露，虽粱肉不能及也。人生须底物^②而更贪耶？乃作四句。

① 撷，音 xié，采摘。

② 底物，何物。

这篇小品如同一首田园诗，充溢着一种自食其力的欢娱之情。作者的弟弟苏辙，说到其兄在海南时，"日啖薯芋，而华屋玉食之念，不存于胸中"。

试笔自书

吾始至南海，环视天水无际，悽然伤之曰："何时得出此岛耶？"已而思之，天地在积水中，九州在大瀛海中①，中国在少海②中，有生孰不在岛者？覆盆水于地，芥③浮于水，蚁附于芥，茫然不知所济。少焉水涸④，蚁即径去，见其类出涕曰："几不复与子相见，岂知俯仰之间⑤，有方轨⑥八达之路乎？"念此可以一笑。戊寅⑦九月十二日，与客饮薄酒，小醉，信笔书此纸。

① 《史记·孟子荀卿列传》："中国名曰赤县神州。赤

县神州内自有九州，禹之序九州是也。不得为州数。中国外如赤县神州者九，乃所谓九州也。于是有裨海环之，人民禽兽，莫能相通者，如一区中者，乃为一州。如此者九，乃有大瀛海环其外。"这一段话就是苏轼所本。苏文中"九州"的"州"，相当于现在所说亚洲、美洲、非洲的"洲"。大瀛海，即大海，相当于现在所说太平洋、大西洋、印度洋的"洋"。

② 少海，即小海，也就是上注引文中的"裨海"，相当于现在所说黄海、东海、南海的"海"。

③ 芥，小草。《庄子·逍遥游》："覆杯水于坳堂之上，则芥为之舟；置杯焉则胶，水浅而舟大也。"

④ 涸，音 hé，水干枯了。

⑤ 俯仰之间，一低头、一抬头的工夫，形容时间短暂。

⑥ 方轨，两车并行。这里是言道路宽敞。《史记·淮阴侯列传》："车不得方轨，骑不得成列。"

⑦ 戊寅，元符（宋哲宗赵煦年号）元年，即公元1098年。苏轼在这前一年（绍圣四年）四月再次贬授琼州别驾昌化军安置，六月渡海，到了海南岛儋耳。

苏轼到海南，是作了必死的决心的；他已是年逾花甲的六十三岁老人了，这样的打击够沉重了。在与王敏仲的信中他说："某垂老投荒，无复生还之望。昨与长子迈诀，已处置后事矣。今到海南，首当作棺，次便作墓，乃留手疏与诸子，死则葬于海外。"但他并未因此而颓唐，却能处之泰然，这就是本文中所表现的思想。我们可从他那幽默的语言之中，触觉到他那抗争的、乐观的性格。

书海南风土

岭南天气卑湿，地气蒸溽①，而海南为甚。夏秋之交，物无不腐败者。人非金石，其何能久？然儋耳颇有老人，年百余岁者，往往而是，八九十者不论也。乃知寿夭无定，习而安之，则冰蚕火鼠②，皆可以生。吾尝湛然③无思，寓此觉于物表④。使折胶之寒⑤，无所施其冽；流金之暑⑥，无所施其毒。百余岁岂足道哉！彼愚老人者，初不知此特如蚕鼠生于其中，兀然⑦受之而已。一呼之温，一吸之凉，相续无有间断，虽长生可也。庄子曰："天之穿之，日夜无隙⑧，人则固塞其窦⑨。"岂不然哉？九月二十七日，秋霖雨不止，顾视帏帐，有白蚁升余，皆已腐烂，感叹不已。信手书。时戊寅岁也。

① 蒸溽，闷热潮湿。

② 冰蚕火鼠，冰中之蚕，火中之鼠。形容生存的外界环境极恶劣。

③ 湛然，安静的样子。

④ 物表，物象之外。

⑤ 折胶之寒，冷得使胶块都折裂。

⑥ 流金之暑，热得使金属都熔化。

⑦ 兀然，不知不觉地，自然而然地。

⑧ 庄子，名周，战国时蒙城（今河南商丘市东北）人。他推崇老子的思想，主张顺应自然，反对人为，著有《庄子》一书。这两句话的意思是：宇宙是不停止运行着的，无论日夜，从无间歇。

⑨ 窦，本指洞、穴窍，这里借指人的感觉器官。

这篇记风土的小品，行文流畅，造语整齐，情意委婉，音韵铿然。足见他是在"湛然""兀然"的情况下信手写的。

儋耳夜书

己卯①上元，余在儋耳，有老书生数人来过。曰："良月佳夜，先生能一出乎？"予欣然从之。步城西，入僧舍，历小巷，民夷杂揉②，屠酤③纷然，归舍已三鼓矣。舍中掩关熟寝，已再鼾矣。放杖而笑，孰为得失？问先生何笑，盖自笑也；然亦笑韩退之钓鱼无得④，更欲远去，不知钓者未必得大鱼也。

① 己卯，元符二年，公元 1099 年。

② 民，指汉族；夷，指少数民族。杂揉，混杂在一起。

③ 屠酤，卖肉的，卖酒的。这里泛指做生意的人。

④ 韩愈有《赠侯喜》诗，略云："吾党侯生字叔起，呼我持竿钓温水……晡时坚坐到黄昏，手倦目劳方一起。暂动还休未可期，虾行蛭渡似皆疑。举竿引线忽有得，一寸才分鳞与鬐……我今行事尽如此，此事正好为吾

规。半世遑遑就举选，一名始得红颜衰……君欲钓鱼
须远去，大鱼岂肯居沮洳。"

　　本文着重抒发了一种悠然自得的心情。作者虽远谪海
南，但与各族人民亲密相处，生活是很愉快的。他在给子由
的诗中说："他年谁作舆地志，海南万里真吾乡。"他已把海
南作为自己的第二故乡了。

俚语说

　　俚俗语有可取者。"处贫贱易，耐富贵难；安劳苦易，
安闲散难；忍痛易，忍痒难。"人能安闲散，耐富贵，忍痒，
真有道之士也。

螺蚌相语

中渚^①，有螺蚌相遇岛间。蚌谓螺曰："汝之形，如鸾之秀，如云之孤，纵使卑朴^②，亦足仰德^③。"螺曰："然。云何珠玑之宝，天不授我，反授汝耶？"蚌曰："天授于内不授于外。启予口，见予心，汝虽外美，其如内何？摩顶放踵^④，委曲而已。"螺乃大惭，掩面而入水。

① 中渚，水中小块陆地。

② 卑朴，卑下朴拙，没有地位。

③ 仰德，敬仰德行，意即受人看重。

④ 摩顶放踵，从头到脚。放，音 fǎng，至、到。

这篇寓言巧妙地通过对话将两个事物的外形与内质进行了比照，内质美胜过外形美，同时也没有抹煞外形美的重要。

桃符艾人语

桃符仰骂艾人^①，曰："尔何草芥而辄据吾上?"艾人俯谓桃符曰："尔已半截入土^②，安敢更与吾较高下乎?"门神旁笑而解之曰："尔辈方且傍人门户，更可争闲气耶!"

① 桃符，古民俗，以桃木牌板书神荼、郁垒两神名字，于每年元旦悬挂门旁，谓可避邪。艾人，旧时端午节，用艾草扎为人形挂门上，以除秽气。
② 桃符挂于元日，距五月五日端午扎艾人已近半年，故云。

这是一则寓言。桃符与艾人，都是为主人看家护院，本应平等相待，却无故"争闲气"。作者对那些无端争名夺利，拨弄是非的人给予了无情讽刺。

书墨

余蓄墨数百挺^①，暇日辄出品试之，终无黑者，其间不过一二可人意。以此知世间佳物，自是难得。茶欲其白^②，墨欲其黑。方求黑时嫌漆白，方求白时嫌雪黑，自是人不会事^③也。

① 挺，量词。古时墨亦称"笏"（长形的）、"丸"（圆形的），相当于现在的"块""方"。

② 宋人品茶，是将水煮沸，然后放入碾碎的茶叶，以泛起白色泡沫者为佳。

③ 会事，解事、懂行的意思。

这是一篇借物抒情的好作品。寥寥数语，写出世间佳物难得之情。

书柳子厚《牛赋》后

岭外俗皆恬①杀牛，而海南为甚。客自高、化②载牛渡海，百尾一舟。遇风不顺，渴饥相倚以死者无数。牛登舟，皆哀鸣出涕。既至海南，耕者与屠者常相半。病不饮药，但杀牛以祷，富者至杀十数牛。死者不复云，幸而不死，即归德于巫。以巫为医，以牛为药。间③有饮药者，巫辄云："神怒，病不可复治。"亲戚皆为却药，禁医不得入门，人、牛皆死而后已。地产沉水香④，香必以牛易之黎⑤。黎人得牛皆以祭鬼，无脱者。中国人以沉水香供佛，燎帝求福，此皆烧牛肉也，何福之能得？哀哉！予莫能救，故书柳子厚《牛赋》以遗琼州⑥僧道赟，使以晓喻其乡人之有知者⑦，庶几其少衰乎！庚辰⑧三月十五日记。

① 恬，音 tián，这里是酷好的意思。
② 高、化，广东的高州（今茂名市东北）、化州。

③ 间，这里是偶尔的意思。

④ 沉水香，植物名，常绿亚乔木，木材为著名的薰香料，又叫沉水、沉香。与东坡同时的苏颂说："沉香出海南诸国及广、交、崖州。"

⑤ 黎，黎族，我国少数民族之一，主要分布在海南省。

⑥ 琼州，今海南海口市。

⑦ 有知者，有学识、有见地的人。

⑧ 庚辰，元符三年，公元 1100 年。

此文详尽地记述了岭南，尤其是海南岛一带，大量屠杀耕牛以为医、祈福、祭鬼的落后风俗。对这种愚昧的陋习，作者深为痛心。只痛心尚不够，还要积极地去进行说服教育，以期改变这种落后风俗。作者书写、宣传柳宗元的《牛赋》目的也正在此。

柳宗元的《牛赋》本是一篇以牛自喻的感愤之作，赋中赞美了牛的耕垦之劳，利满天下，虽有功于世，却无益于己的品格。《牛赋》很短，可称优秀的赋中小品，兹录于后，以供参考：

若知牛乎？牛之为物，魁形巨首。垂耳抱角，毛革疏厚。牟然而鸣，黄钟满腔。抵触隆曦，日耕百亩。往来修直，植乃禾黍。自种自敛，服箱以走。输入官仓，己不适口。富穷饱饥，功用不有。陷泥蹶块，常在草野。人不惭愧，利满天下。皮角见用，肩尻莫保。或穿缄縢，或实俎豆。由是观之，物无逾者。不如赢驴，服逐驽马。曲意随势，不择处所。不耕不驾，藿菽自与。腾踏康庄，出入轻举。喜则齐鼻，怒则奋踯。当道长鸣，闻者惊辟。善识门户，终身不惕。牛虽有功，于己何益！命有好丑，非若能力。慎勿怨尤，以受多福。

记过合浦

　　余自海康适合浦^①，连日大雨，桥梁大坏，水无津涯。自兴廉村净行院下，乘小舟至官寨。闻自此西皆涨水，无复桥船，或劝乘蜑^②并海即白石。是日，六月晦^③，无月，碇^④宿大海中。天水相接，星河满天，起坐四顾太息："吾何数乘此险也。已济徐闻^⑤，复厄^⑥于此乎！"稚子在旁鼾睡，呼不应。所撰《书》、《易》、《论语》^⑦，皆以自随，而世未有别本。抚之而叹曰："天未欲使从是也，吾辈必济。"已而果然。七月四日，合浦记，时元符三年也。

① 海康，在广东雷州半岛中部，东临雷州湾。适，往。合浦，在广西壮族自治区南部，南濒北部湾。

② 蜑，音 dàn，亦写作"蛋"，少数民族之一，两广皆有之。在南海一带的，他们住在水上，以船为屋，捕鱼采珠为业。

③ 农历每月的最后一日为"晦"。

④ 碇，石制的锚。这里用作动词，即抛碇、抛锚的意思。

⑤ 徐闻，县名，在广东雷州半岛最南端。

⑥ 厄，困阻。

⑦ 苏轼对《书》、《易》、《论语》是很有研究的，在他的文章中多次提及。这里所说的"撰"，是指为这三部书作"传"。据东坡年谱载："先生与文潞公书云：'到黄州，无所用心，辄复覃思于《易》《论语》。端居深念，若有所得。'由是言之，先生到黄定居之后，即作《易传》九卷、《论语》五卷，心始于是岁矣！"直到在海南岛时，才全部完成。

元符三年正月，哲宗崩，徽宗赵佶立，大赦。五月，苏轼自儋州奉旨移廉州（即广西合浦）安置，六月二十日渡海，离开了他的"第二故乡"海南岛。这篇文章生动地记述了作者这十余日水程的奔波险阻，同时也透露作者惊喜与感愤交织一起的复杂心情。

记三养

　　东坡居士自今日以往①，早晚饮食，不过一爵一肉②。有尊客，盛馔③则三之，可损不可增。有召我者，预以此先之。主人不从而过是者，乃止。一曰安分以养福，二曰宽胃以养气，三曰省费以养财。元符三年八月。

　　① 以往，以后。
　　② 爵，饮酒器。一爵一肉，犹如说一杯酒、一盘菜。
　　③ 馔，音 zhuàn，饭食。盛馔，等于说盛宴。

黄嘉惠曰："只是澹然自足，宛成长者之言。"这虽系东坡暮年所书，亦足见他对生活的严谨态度。

答李端叔①

某年六十五矣！体力毛发，正与年相称。或得复与公相见，亦未可知。已前者皆梦，已后者独非梦乎？置之不足道也。所喜者，海南了得《易》、《书》、《论语传》数十卷，似有益于骨朽后人耳目也。少游遂死于道路②，哀哉！痛哉！世岂复有斯人乎？端叔亦老矣，迨云须发已皓然，然颜极丹且渥③。仆亦如此尔，各宜阔啬④，庶复相见也。儿侄辈在治下，频与教督之，有一书幸送与。大醉中不成字，不罪，不罪。

① 李之仪，字端叔，号姑溪居士，沧州无棣人。哲宗时为枢密院编修官，后曾从苏轼于定州幕府。著有《姑

溪词》。

② 秦少游在新党重新上台以后，也是再三遭受打击，迁
湖南郴州，转广西横州，最后贬广东雷州。元符三年
被召还时，卒于广西藤州道中。

③ 渥，音 wò，有润泽。

④ 闷啬，谨慎，珍重。闷，音 bì。

　　此信当作于元符三年作者移廉州之后。想到故友又可重
逢，其喜悦和激动的心情自不必说；而一些老友的噩耗，更
使作者肝肠欲碎。特别是秦少游的死，对作者打击很大。苏
轼在渡海之前，尚有书致少游，云："渡海前一两日，当别
遣人去报也。若得及见少游，即大幸也。"然而不幸这一愿
望永不能实现了。作者的这封信，又喜又悲，百感交集，回
肠荡气，很富感染力。

跋《石钟山记》后

　　钱唐、东阳皆有水乐洞①，泉流空岩中，自然宫商②。

又自灵隐下天竺而上至上天竺③，溪行两山间，巨石磊磊如牛羊，其声空磬然④，真若钟声，乃知庄生所谓天籁者⑤，盖无所不在也。建中靖国元年正月五日，自海南还，过南安⑥，司法掾⑦吴君示旧所作《石钟山记》，复书其末。

---

① 水乐洞，泛指发出声响的水洞。

② 宫商，"宫、商、角、徵、羽"为古代五音，后常以"宫商"表示乐音或乐曲。

③ 灵隐、下天竺、上天竺，皆杭州寺庙。

④ 空磬然，像敲击悬磬发出的声音。磬，音 qìng，佛家一种钵形乐器。

⑤ 庄生，即庄子，道家原始人之一。天籁：大自然界发出的声音。

《石钟山记》是苏轼的散文名篇，以亲身探究来辩驳石钟山命名的由来，支持并补充郦道元"微风鼓浪，水石相搏，声如洪钟"的说法。对此则这篇跋文有所保留，态度更为谨慎。

与米元章 ①

　　某启：两日来，疾有增无减，虽迁闸外，风气稍清，但虚乏不能食，口殆不能言也。儿子于何处得《宝月观赋》，琅然诵之。老夫卧听之，未半，跃然②而起，恨二十年相从，知元章不尽。若此赋当过古人，不论今世也。天下岂常如我辈愤愤③耶！公不久当自有大名，不劳我辈说也。愿欲与公谈，则实未能，想当更后数日耶。

① 米元章，名芾，号鹿门居士。世居太原，后徙襄阳，故自称襄阳漫士。工书画，自成一家，尤以书法造诣最高，世谓蔡（襄）、苏（轼）、黄（庭坚）、米（芾）为北宋四大书法家。著有《书史》、《画史》、《砚史》、《宝晋英光集》（此集是岳珂编成的）。《宝月观赋》是他的作品。
② 跃然，摇摇晃晃、跌跌撞撞的样子。

③ 愦愦，音 kuì kuì，愚昧昏庸。

此信约作于建中靖国（宋徽宗年号）元年（公元 1101 年）五月。据《东坡年表》："五月一日过金陵。行至真州，病暴下。是月至常州，借居顾塘桥孙氏之馆。"此时距东坡病逝只有两月余。他对米芾的书画一直极为赞赏；他发现米芾的文章也很出色时，惊喜得"跃然而起"。这不仅是对后起者的奖掖，更是作者终生献身于艺术的表现。